KB254020

허세욱의 한시 특강

허세욱의 한시 특강

국립중앙도서관 출판시도서목록(CIP)

허세욱의 한시 특강 : 꽃 웃음과 새 울음에 문득 취했거늘 /
글: 허세욱. — 파주 : 효형출판, 2007
   p. ;   cm

ISBN 978-89-5872-040-9 03820 : ₩15000

811.9-KDC4
895.71-DDC21   CIP2007000415

허세욱의 한시 특강

꽃 웃음과 새 울음에 문득 취했거늘

효형출판

목차

시가 그림 그리고, 그림이 시를 쓰다

한시의 정과 경

장대로 하늘을 쑤시면 금방이라도 파란 물방울이 뚝뚝 떨어질 듯한 코발트빛 가을하늘을 보다가, 문득 서러워진다. 바닷가 산마루에 앉아서 뉘엿뉘엿 떨어지는 해를 볼 때, 그 언저리로 휘영청 번져가는 검붉은 노을 또한 마찬가지다.

그 아름다움에 흔들려 우리의 뇌수에 두고두고 괴였던 눈물이 비죽거리기 마련이다. 그렇게 맞닥뜨린 미의 감동 말고, 그 아름다움을 붓으로 표현할 수 없는 예술의 한계가 우릴 더욱 울렁이게 했을지 모른다. 그럴 때면 테너가 되고 싶다. 불꽃같이 목청을 돋우어 저 노을처럼 소리치고 싶다. 아니, 그보다는 커다란 화필을 들고 선연한 물감을 던지듯 뿌리는 화가였으면 좋겠다.

감동을 무엇으로 어떻게 표현하느냐에 절대는 없다. 때와 공간 그리고 사람에 따라 색깔로 문자로, 때로는 소리나 몸짓으로 표현할 수 있기에 말이다. 색깔은 바로 문자요, 문자의 등가물이다. 심지어 고난도의 문자일 수 있겠다. 인간의 정감과 사상을 문자로 압축 표현하는 것이 시라면, 그것을 색깔로 추상·구상 표현하는 것이 그림일 것이다. 다만 그 도구와 방법이 다를 뿐이다.

여기서 문득 송나라의 거물급 시인이었던 소식(蘇軾, 1036~1101)이 당나라 때 불교적 시인 왕유(王維, 699?~759)의 시와 그림을 두고 '시중유화詩中有畵 화중유시畵中有詩'라고 평가한 말이, 우리가 어려서 공부했던 교과서처럼 떠올랐다. 곧 '시 속에 그림 있고', '그림 속에 시가 있다'는 이 표제 속에는 시와 회화 사이의 본질적인 동일성, 방법상의 공통성, 풍격상의 동화성 등을 망라하고 있다.

시의 근친 예술로 회화와 음악을 들겠다. 특히 중국 고전시에서 그렇다. 중국 고전시가 고체시나 근체시로 발전하면서도 줄곧 사언, 오언, 칠언 등 정제된 구절의 바탕 위에 대장對仗을 필수로 제정했다. 특히 대장 속에는 정情과 경물景物을 융합토록 규제한 외로도, '평측平仄'▪과 '압운押韻' 등의 음악적인 규제를 지킴으로써, 소리의 고저와 억양을 도모했다.

그러나 중국시가 중고시대에 들면서, 음악과의 관계가 점점 일탈되면서 회화와의 관계는 좀 더 밀접한 현상을 보였다. 곧 시의 구성에 있

▪ 중국어의 사성인 평성平聲, 상성上聲, 거성去聲, 입성入聲을 시 속에 배열하는 방법. '평'은 평성을, 측은 상·거·입성을 말한다.

어 '정경합융情景合融'을, 시의 표현에 있어 '심상心象(혹은 의상意象)'을, 시의 풍격에 있어 '의경意境'을 각각 강조하기에 이르렀다.

'심상心象'은 심과 상의 조합어다. '심'은 주체적인 정감이나 사상이요, '상'은 객관적인 사물의 형상이다. 우리의 정감이나 사상이 객관적인 형상과 교융되어, 새로운 심미적 형상으로 재현되는 것을 우리는 심상이라 했다. 서양의 이미지에 해당했다. 그 부분적인 심상이 다시 조합되었을 때, 또 다른 분위기로 재현되는 것을 '의경'이라 했다. 곧 심상이 단독적이면서 실체적이고 구체적이라면 의경은 종합적이면서 허구적이고 초탈적인 것이다. 이 책에 등장하는 온정균의(溫庭筠, 812?~870)의 〈상산의 아침 나그네[商山早行]〉(223쪽 참조)의 한 구절을 보자.

주막집 조각달빛에 꼬끼오 닭 울음.　　　　　　鷄聲茅店月
널다리 서릿길에 누구의 발자국.　　　　　　　人迹板橋霜

주막집, 달빛, 닭 울음, 널다리, 서리, 발자국 등은 각각 단독적인 심상이지만, 그것들이 복합적으로 나타났을 때, 한 폭의 산수화나 풍경화는 물론, 고즈넉한 두메의 주막집, 슬프고 청신한 새벽의 분위기, 곧 '의경'을 형성하게 된다. 그런데 이 여섯 심상이 어울리면서, 난데없이 사람들의 이야기조차 피어났다. 누군가 부지런히 먼 길을 나서는 나그네, 그 기침소리와 꼬끼오— 닭소리마저 늘어지게 들릴 법했다. 말하자면 정은 한 구절도 붓지 않았는데, 정이 경 속에 일렁이고 있었다.

이러한 '풍경 밖의 풍경[景外景]', '풍경 밖의 정[景外情]'의 예는 얼마든지 있다. 송나라 시인 주밀(周密, 1232~1298)의 〈야귀夜歸〉(246쪽 참조) 한 절과, 당나라 시인 시견오(施肩吾, 822년 무렵 재세)의 〈밤 피리[夜笛詞]〉(156쪽 참조) 한 절을 들어본다.

해 저문 시골 가겟길이 질퍽거릴 때	村店日昏泥徑滑
죽창 사이로 새어나오는 바느질 불빛.	竹窓斜漏補衣燈
—〈야귀〉 중에서	

피리는 호롱불 아래 바느질하는 여인더러	却令燈下裁衣婦
잘못 동심매듭 꽃무늬를 자르게 한다.	誤剪同心一半花
—〈밤 피리〉 중에서	

가을비 추적거리는 골목을 질퍽거릴 때, 마음도 몸도 스산한데 뉘집 가난한 창틈으로 길쌈하는 여인네, 흐릿한 호롱불이 새어나온다. 그 불빛, 보퉁이에 싸가지고 가고 싶다. 얼마나 포근하랴!

역시 추운 밤 피리가 울었다. 호롱불 아래 길쌈하는 여인이 동심매듭 가장 섬세한 꽃무늬를 잘뚝 잘라버릴 만큼 처량했던 것이다. 하나는 질퍽한 흙길에 새어나온 길쌈 등불, 하나는 잘못 매듭을 잘라버릴 만큼 애를 끓는 피리 소리. 그림은 순간적이고 소품적이어도 그 여운은 길고 따뜻하다. 결코 그 한 풍경으로 그치지 않는다. 정을 무치고 이야기를 늘렸다. 끝내 감동으로 뭉클했다.

이번에는 동력적動力的인 경이 있다. 일출과 일몰의 그 약동을 그렸다. 일출로는 유종원(柳宗元, 773~819)의 〈어옹漁翁〉(144쪽 참조) 한 절과, 일몰로는 송나라 양만리(楊萬里, 1127~1206)의 시 〈호숫가 낙조〔湖天暮景〕〉(163쪽 참조) 한 절을 들겠다.

일출에 안개는 사라지는데 아무도 보이지 않고	煙銷日出不見人
삐걱, 노젓는 소리에 강산이 푸르다.	欸乃一聲山水綠
─〈어옹〉 중에서	

한 뼘 한 뼘 내려오더니 그만 풍덩 빠진지라.	寸寸低來忽全沒
분명코 물속으로 잠겼지만	
물살 하나 일지 않거늘.	分明入水只無痕
─〈호숫가 낙조〉 중에서	

〈어옹〉의 동력은 선명했다. 안개는 사라지는데 해는 솟고, 삐걱 소리가 스치는데 산과 물이 문득 파래진다. 마치 어떤 호령에 맞추어 스펙터클한 화면이 펼쳐지는 느낌이다. 〈호숫가 낙조〉도 마찬가지다. 한 뼘 한 뼘 침몰하던 해가 어느 순간 완전 침몰한다. 그럼에도 물살 하나 일지 않는다. 위대한 영웅이 쓰러진 자리에 바람 한 점 일지 않듯. 두 편 모두 겨우 열 몇 자의 서경에 지나지 않는데 천지는 열렸다 닫혔다

한다.

끝으로 정과 경이 한데 아울렀을 때 시는 한결 생명감이 넘친다. 그한 예로 시인 왕회(汪淮, 1570년 무렵 재세)의 〈자류마紫騮馬〉(113쪽 참조)한 편을 들고 싶다.

뉘집 하얀 얼굴의 도련님이,	誰家白面郎
보랏빛 절따말을 타고.	跨下紫騮馬
떨어진 꽃잎을 지르 밟다가,	跛趺踏落花
버들 아래서 호들갑스레 운다.	騎嘶綠楊下

　　―〈자류마〉

보랏빛 명마를 타고 봄놀이하는 귀족 소년을 그렸다. 늦봄 들녘을 훨훨 달리면서 백白, 자紫, 홍紅, 녹綠 등의 색감과 과(跨, 타다), 필(跛,차다), 답(踏, 밟다) 시(嘶, 울다) 등의 동작을 질펀하게 교차시켰다. 겨우 스무 글자로 한바탕 생명의 잔치를 그려보았다.

이렇게 여섯 편을 살펴보며 정경합융의 편모를 살폈다. 정이 있다고는 하지만, 경에 편중된 합융이었다. 정이 비록 문학의 중요 동기요, 소재요, 동시에 주제이면서, 사람에게 뿌리요 물이요 바람인 것은 분명하지만, 정이 지나치면 물의 범람을, 정이 지나치면 바람의 횡포를 만나기 쉽다. 그러한 병폐를 예방하고 건강하면서도 따뜻한 조화를 위해서 경을 보다 많이 영접해야 한다. 곧 자연 소재의 영접인 것이다.

인문학의 회복을 위해서도, 자연은 인문, 사유의 귀의임이 강조되어야 한다. 그런 의미에서 연煙, 운雲, 화花, 월月 같은 소재를 무조건 진부하다 이야기하기보다는, 좀 더 건전하게 확대되어야 한다.

시의 마음을 찾아 더듬는 길

중국에서 '정경합융'의 시도詩道는 보다 오랜 전통 속에 성장된 미덕이다. 중국의 양대 토착 사상 중 그 한 축인 유가들이 자연과 인간은 서로 감응하면서, 끝내 하나일 수 있다는 '천인합일天人合一'을 그 중요한 학리로 삼고 있는가 하면, 도가들처럼 줄곧 천지와 만물은 우리와 함께 생성되어, 우리와 함께 하나일 수 있다는 자연주의를 그 본체로 삼았던 것이다.

여기다 중국의 경제나 사회 또한 농업사회요, 윤리사회인만큼 자연을 생명의 원천으로 신앙하면서 인간의 모든 질서와 행위를 세움에 있어, 자연을 준칙으로 삼았다. 중국의 제반 문화의 본질 또한 마찬가지였다. 모두 자연과의 친화요, 자연의 모방이었다. 건축이나 공예가 자연미의 재현이었고, 서예의 운필이나 무용의 동작에 이르기까지 자연의 모방이거나 차라리 융합이었다.

고전시 자체 또한 그랬다. 오언·칠언시가 정립된 한漢·위魏를 거쳐, 율시가 당대唐代에 형성·정립되었다. 그런데 율시는 가장 법도가 근엄한 형식주의의 극치였다. 그럼에도 율시의 제2연, 제3연은 반드시

대장으로 구성하되, 정경情景을 융합시켜야 했다.

중국 고전시는 이렇게 형식의 정립과 변화를 보이는 동안, 각종 체형과 풍격의 자유를 초래해, 산수시, 은일시, 유선시遊仙詩, 전원시, 영물시詠物詩 등 자연 친화적인 정경융합의 내용이 각각 장르를 형성했다.

문학의 이론조차 정경융합론이 그칠 줄 몰랐다. 문학 이론의 원전이랄 수 있는 남조 때 유협(劉勰, 465~521)의 《문심조룡文心雕龍》〈신사편神思編〉에서는 일찍이 '인간의 정감이나 사상은 자연과 함께 노닌다'는 '신여물유론神與物游論'을 이야기했고, 당나라 때 승려 공해空海가 쓴 《문경비부론文鏡秘府論》에서는 눈으로 만난 사물은 마음으로 만난다는 소위 '목격심격론目擊心擊論'을 주장했다. 그리고 당나라 말엽 사공도司空圖는 '사여경해설思與境偕說'을, 송나라 때 문호 소식은 '경여의회설境與意會說'을 주장했는데, 모두 주장이 대동소이했다.

여기서 정과 경의 관계는 순환적이고 상생적임을 암시했다. 곧 정·경의 융합은 시에 있어 심미의 폭을 무한대로 넓히면서 사고의 폭을 초월할 수 있는 시의 새로운 활로라는 것이다.

이렇듯 역사적으로 시사詩史를 고찰하고, 정경합융을 보여주는 시들을 찾아보면 경은 정 속에, 정은 경 속에 담겨있음을 확인할 수 있다. 여기서 색채는 문자의 등가물이요, 풍경은 정서의 등가물임을 알게 된다. 그러한 뜻에서 나는 이 한시 특강의 구성을, 42가지 소재별로 그 명작들을 골라 분석하고 감상하는 식으로 짰다. 이 중 3분의 2가량은 서화 전문월간지인 〈까마〉에 2003년에서 2005년까지 3년 동안 연재되었던 글로 채웠고, 나머지는 새롭게 썼다.

그중에는 '조춘', '제야' 처럼 절기상으로 묶은 시편도 있고, '봄날의 수향기' 처럼 특정 지역의 풍경을 그린 것도 있다. 그러나 모두 고금과 한중韓中의 차별 없이, 우리 눈까풀에 아른거리는 정겨운 풍경이다. 그런 의미에서 우리의 영원한 고향, 그곳의 풍물들이다.

요즘 우리 시는 1960~1970년대의 정치 냉각과 1980~1990년대의 해금의 물결을 타면서 많은 시도를 해왔다. 하지만 이러한 전환기에 우리 시는 정서가 냉각화되고, 대신 세상을 풍자하고 야유하는 독설이나 장광설이 늘면서 턱없이 산문화되고 있다. 여기다 건조한 도시시나 수수께끼 같은 환상시 외로도, 언어의 유희와 적나라한 막말이 여과 없이 쏟아지는 야설시도 출현하고 있다. 시의 음악성이나 은유성이 점점 이탈되고 있는 것이다.

이러한 정서의 냉각화, 시어의 산문화, 풍격의 작열화를 보완하기 위해, 정서의 배양은 너무나 필요하다. 무엇보다 정서의 미학성을 높이기 위해, 서경의 마당을 더욱 넓혀야 한다. 그것이 시 본연의 아름다움을 찾을 수 있는 활로의 하나다.

마지막으로 좋은 그림을 골라 내 천졸한 글을 더욱 돋보이게 꾸며준 출판사에 고마움을 전한다.

봄을 기다리며

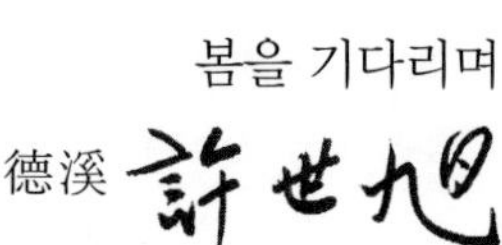

봄 春

봄이 시나브로 익을 때 꽃 벙그는 소리,
꽃구경하는 소리다.
그런가 하면 멀리 메소포타미아 문명
그 자리에서 포탄 터지는 소리,
기둥 연기 솟구치는 소리.
그래서 반전反戰의 소리.
평화를 소망하는 소리….

전쟁 속에도 꽃은 피고

춘망

봄이 시나브로 익을 때 꽃 벙그는 소리, 꽃구경하는 소리다. 그런가 하면 멀리 메소포타미아 문명 그 자리에서 포탄 터지는 소리, 기둥 연기 솟구치는 소리. 그래서 반전反戰의 소리. 평화를 소망하는 소리….

　그 소리들이 연일 귓속을 허비더니, 어느덧 꽃과 전쟁과 소망 이렇게 세 단어로 멈추고, 그 세 단어는 두보(杜甫, 712~770)[■]의 〈춘망春望〉에 모여있다.

나라는 무너져도 산하는 옛 산하	國破山河在
봄이 오는 재마다 푸른 풀 나무.	城春草木深
세상이 섧거늘 꽃조차 눈물 뿌리고	感時花濺淚
어이타 이별인가! 새 소리에도 깜짝.	恨別鳥驚心

■ 당나라 시인으로, 이백과 함께 중국 시 문학사의 최고봉으로 평가된다. 성군을 만나지 못해 유랑 생활과 낮은 벼슬로 점철되는 곤궁한 삶을 살았으나, 강한 현실 비판의 시 세계를 잃지 않았다.

병란 석 달째에   烽火連三月

집안 편지는 만금보다 반갑고야.   家書抵萬金

백발 긁다 보면 더욱 짧아지니   白頭搔更短

비녀도 낄 수 없어 피그르 떨어지네.   渾欲不勝簪

　—〈춘망〉

꽃은 전쟁에도 피었다. 저항시인 이상화가 말했듯 "빼앗긴 들에도 봄은" 왔다. 지금부터 1248년 전인 757년 봄, 안녹산安祿山의 반란군에 쫓겨 장안의 북쪽 부주(鄜州, 지금의 산시성陝西省 황릉)에서 피난살이 하던 마흔여섯 살 두보의 눈에도 꽃은 도드라졌다.

두보는 본래 가난한 데다 병약했다. 서른여섯 살 되던 해, 장안(산시성의 성도 시안西安의 옛 이름)으로 와서 마흔다섯 살 되던 섣달까지, 12년이나 장안에 버텨보았지만 서푼짜리 벼슬 한 장 얻지 못한 채, 난리의 물살로 떠돌이가 되었다. 그는 시를 통해 마흔 살 때 벌써 폐에 금이 갔고, 머리도 백발이 되었다는 고백을 서슴지 않았다.

안녹산은 오랑캐였다. 중앙아시아 월지족月氏族의 후예인 그는 돌궐족인 사사명(史思明, ?~761)과 함께 동북지방의 변방을 방위하는 절도사로 갔다가, 지금의 베이징北京 근교 범양范陽에서 755년 1월, 마침내 반정부·반한족反漢族 쿠데타를 일으켜 일로一路 남침, 낙양과 장안을 점령하고 7년 3개월이나 당唐나라의 평화와 산하를 짓밟았던 것이다.

〈춘망〉은 쿠데타 발발 일 년 남짓 뒤의 작품인 만큼, 가난과 질병,

〈모질도耄耋圖〉, 정창程璋, 20세기. 나비가 날고 참
나리가 피고 고양이들이 볕 좋은 곳에 나와 논다.
바야흐로 봄이다.

거기다 일신상의 좌절과 국가·민족적인 치욕이 극에 달한 때였다. 시에서 밝힌 대로 장안에 전쟁의 불똥이 튄 지 석 달, 겨우 편지 한 장 받은 터에 머리는 비녀를 꽂을 수 없을 만큼 흰머리가 빠졌다. 올라서 멀리 굽어보면 가슴이 트이고 영원永遠이 보인다. 그런데 거기서 만난 꽃조차 두보의 눈물을 짜게 했고, 하염없이 우는 새조차 깜짝깜짝 사람을 놀라게 한다. 여기서 놀랍게도 천인감응(天人感應, 하늘과 인간이 긴밀히 연관되어 서로 영향을 주고받는다는 한漢나라 유학자 동중서의 학설), 천인각재(天人各在, 하늘과 사람이 따로따로 존재한다는 설)가 벌어진 것이다.

두보의 조국은 망가지고 두보는 병든 채 혼자 나부끼건만, 자연은 그 모두를 아랑곳하지 않고 봄이 오면 예정대로 꽃 피고, 움이 돋고 잎이 난다.

그로부터 4년 뒤, 두보는 촉蜀나라 성도成都땅 완화계浣花溪 시냇가에다 모처럼 움막을 짓고, 또 한 번 언덕에 올라 휘휘 타관땅을 둘러보며 〈야망野望〉을 썼다.

눈 덮인 서산 밖에는 세 고을 수루요	西山白雪三城戍
남포 맑은 강물에는 비낀 듯 만리교.	南浦淸江萬里橋
나라 안 전란으로 흩어진 아우들	海內風塵諸弟隔
나 혼자 천애에서 눈물 흘리네.	天涯涕淚一身遙
어느덧 육신 늙고 병치레 많을 뿐	唯將遲暮供多病
성조 위해 눈곱만 한 치적도 없었네.	未有涓埃答聖朝

큰말 지즐타고* 휘휘 성 밖을 멀리 보니 　　　　跨馬出郊時極目

사람도 세상도 갈수록 쓸쓸하여라.　　　　　　不堪人事日蕭條

　―〈야망〉

* 눌러앉아 타고.

　761년, 두보가 50세 봄에 쓴 작품이다. 〈춘망〉을 썼던 4년 전과는 신세가 사뭇 달랐다. 비록 안녹산의 반란은 끝나지 않았지만 성도는 안전지대였다. 두보는 장안에서 10년 동안 관직을 구걸하다 허송세월을 보냈고, 안녹산의 반란으로 피난살이 4년 끝인 759년 세모歲暮에야 성도로 발을 디뎠다. 〈춘망〉을 쓰고 그해 4월, 두보는 부주를 떠나 일심전력 숙종肅宗의 이궁이 있었던 봉상鳳翔까지 따라가는 충성을 다했다. 그 덕분에 그해 5월, 난생처음으로 종팔품상從八品上에 해당하는 좌습유左拾遺라는 벼슬 한 장을 둘러썼다. 직분은 고작 황제의 측근에서 인재를 천거하거나 민심의 향방을 조사하여 보고하는 것 등이다.

　그러나 그 벼슬도 머지않아 그만두고 성도에 와서는, 그렁저렁 대관들 친구의 도움으로 안정된 생활을 4년 남짓 누렸다.

　그런 만큼 〈춘망〉에서의 국가애·가족애는 〈야망〉에서도 마찬가지였다. 성 밖 높은 언덕에 올라 눈길이 닿는 데까지 먼 곳을 조망하는 극목極目으로 참담한 자기를 위안하려는 신앙 같은 것조차 마찬가지였다. 황제에게 충성하고 처자와 동생들을 사랑하면서 끝까지 벼슬에 연연하는 작은 유생의 본분은 그의 운명임이 틀림없었다.

〈야망〉은 시쳇말로 웅대한 욕망은 아니었다. 그냥 들녘에 서서 조국과 고향 그리고 전쟁과 꽃을 목이 말라 바라보는 일일 뿐이다.

그로부터 9년 뒤, 결국 객사했다. 어느 늦가을, 타관땅 소상강瀟湘江 뱃머리에서 그의 숙증宿症인 중풍을 끝내 이기지 못한 것이다.

운하 베고 노 소리 듣고
봄날의 수향

중국에서 소주(蘇州, 쑤저우)는 항저우杭州와 함께 천당으로 불린다. 그
만큼 아름답고 넉넉하다는 뜻이기도 하다. 고을이 아름다운 것은 그
가슴에 호구虎丘가 있고, 그 겨드랑에 바다 같은 태호太湖가 있음이다.

우리에게 물의 형상은 만경창파萬頃蒼波의 바다가 아니면 곤곤천리
滾滾千里의 강물이었다. 기껏 작아야 산간 골짜기로부터 졸졸 돌 사이
에 부서지는 시냇물이거나, 능수버들 태질하는 주막집 옆으로 호젓한
빨래터가 고작이다. 물길이 우리 온몸 구석진 곳을 샅샅이 흐르는 모
세혈관처럼 마을과 골목을 구비 돈다면, 우리는 뭍에서 사는 것이 아
니라, 오히려 물에서 사는 것이다.

대문 밖 붕붕거리고 거마들이 다니는 곳이라, 뒤란 텃밭을 지나 작
은 샛문을 열면, 어디서나 치렁치렁 물길이 유유히 흐르는 곳. 여기서
는 반드시 물을 베고 베갯머리에서 물길에 삐걱거리는 노 소리를 듣고
살 것이다. 안방 건너 대청 너머에도 물길이요, 마당가 작은 오동나무

〈지형산도支硎山圖〉, 육치陸治, 명. 유유히 흐르는 푸른 물길을 머리맡에 두고 잠을 자는 동방의 베네치아 쑤저우. 16세기 쑤저우 화단을 대표했던 육치는, 만년에 국화를 기르며 은거했던 지형산을 화폭에 담았다. 산을 끼고 오르는 곳곳에 누각과 길, 사람들이 넘실댄다.

그늘을 흐르는 것도 물길이라. 그를 두고 우리는 수향水鄉이라 한다.

쑤저우는 수향이다. 수향에는 모든 것이 모인다. 기원 1275년, 쑤저우에 왔던 마르코 폴로(Marco Polo, 1254~1324)는 '동방의 베네치아'라 했다. 원림園林이 188곳 있었고, 당나라 때 벌써 붉은 난간의 다리가 390개 있었다. 그뿐인가, 시인·화가 들이 모였고, 건달과 기생이 들끓었으며, 비단과 차, 술과 향료가 즐비했다.

당나라 대시인 백거이(白居易, 772~846)[*]가 항주자사杭州刺史를 지낸 뒤, 다시 825년 그의 나이 쉰넷에 소주자사蘇州刺史로 영전했을 때, 그는 임무수행을 위해 순시용 작은 배를 건조하기에 이르렀다. 말이나 가마보다 방주가 편리해서였다.

작은 방주 한 척 새로 건조하노니,	小舫一艘新造了
가벼운 기둥을 세우고 거적도 나직이 씌워	輕裝梁柱庳安篷
안동네 한갓진 언덕을 두루 노닐고,	深坊靜岸遊應徧
옅은 물 낮은 다리 샅샅이 휘저었네.	淺水低橋去盡通
노 젓는 달빛에 누런 버들, 침침한 장롱	黃柳影籠隨櫂月
머리 바람 일어나자 개구리밥 향기,	白蘋香起打頭風

■ 중당기中唐期 시인. 29세로 진사에 급제하여 여러 벼슬을 지냈으며, 807년 장안에서 현위로 있을 때, 현종 황제와 양귀비의 사랑을 노래한 〈장한가長恨歌〉를 써서 시인으로서 명성을 얻었다. 정치와 사회를 비판하는 풍유시를 써, 벼슬에서 쫓겨나기도 하였다. 주요 작품으로 《백씨 장경집》 75권 가운데 71권, 《백향산 시집》 40권, 시 3800여 수가 전한다.

찬찬히 앵두나무 옆으로 배를 매고,　　　　　慢牽欲傍櫻桃泊

뉘 집 꽃이 제일 고우냐고 물어볼 터.　　　　借問誰家花最紅

　—〈작은 방주(小舫)〉

　　작은 거적배를 휘휘 저으면서 관내 곳곳을 누비듯 순시하는 그의
모습이 보이는 듯하다. 어스름 달빛의 버들 장막이나 안개 낀 부평초
의 수면, 그 운하의 풍광도 풍광이려니와 미주美酒와 미기美妓의 주막
을 넌지시 탐문하는 백거이. 그는 벼슬아치라기보다 어쩔 수 없이 시
인이다.

　　백거이보다 70여 년 뒤인 만당晚唐의 시인 두순학(杜荀鶴, 848~904)■,
그 붓끝에 그려진 쑤저우의 풍경과 풍물은 훨씬 선명했다. 운하와 고궁,
다리와 야시夜市가 있는 그것은 차라리 쑤저우를 알리는 포스터였다.

쑤저우를 가보게!　　　　　　　　　　　君到姑蘇見*

사람들이 모두 운하를 베고 자더군.　　　　人家盡枕河

옛날 합려궁闔閭宮은 빈터가 작지만　　　　古宮閒地少

물 고을엔 작은 다리가 많을 걸세.　　　　水巷小橋多

야시에는 마름과 연근을 팔고　　　　　　夜市賣菱藕

봄 배에는 비단과 명주가 가득해.　　　　春船載綺羅

■ 당나라 시인. 미천한 집안에서 태어나 49세에 과거에 급제할 정도로 곤궁한 삶을 살았다.

26

잠 못 이루는 달밤이면   遙知未眠月

거기 노랫가락에 고향 생각 후끈할걸.   鄕思在漁歌

—〈쑤저우로 친구를 보내며〔送人游吳〕〉

* 고소姑蘇는 쑤저우의 옛 지명이다.

집집마다 고샅이 없고 고샅 대신 운하가 종횡무진이라. 그래서 누우면 노 젓는 소리, 곧 운하를 베개 삼노라 했으니, 확실히 별난 동리다. 그렇게 입을거리와 먹을거리가 풍부했다. 더구나 비단의 생산량이 넘쳐서 예로부터 오릉吳綾과 송금宋錦이 진상품, 수출품의 으뜸이었다. 거기다 마름과 연근은 담박을 즐기는 오吳나라 사람의 술안주다. 서너 잔 걸치고 나면 집에서 마셔도 흔들흔들 뱃전에서 마시는 느낌이었으리라.

두순학이 세상을 떠난 지 근 600년 뒤, 쑤저우 출신의 명明나라 4대 화가의 하나요, 감성적 풍류시인인 당인(唐寅, 1470~1524)▪▪의 시에도 쑤저우의 풍물과 풍경은 달라진 게 없었다.

쑤저우 물길은 예부터 사통팔달   長洲茂苑古通津

맑고 고운 풍토에 양순한 백성,   風土淸嘉百姓馴

▪▪ 명나라의 화가 겸 시인. 남종화와 북종화가 융합한 산수화를 만들어냈다. 문장이 뛰어나 《당인집唐寅集》을 남겼다.

열 집씩 한 골목에 세 군데 주막　　　　　小巷十家三酒店

부잣집 닷새마다 새 물을 먹네.　　　　　豪門五日一嘗新

시중 운하마다 노 젓는 소리　　　　　　市河到處堪搖櫓

거리 골목마다 밤새 불야성.　　　　　　街巷通宵不絶人

사백 만 양식을 공물로 바쳤거늘　　　　四百萬糧充歲辨

세상 어디가 쑤저우처럼 수탈할까?　　　供輪何處似吳民

　　―〈소주잡영姑蘇雜詠〉

운하가 사통팔달한 데다 서너 집 건너 주막 하나. 그 흥청망청한 정경이 파노라마처럼 돌아가는데, 삐걱삐걱 노 젓는 소리에 왁자지껄한 주정꾼들 소리가 귀에 쟁쟁하다. 그런데 풍류쟁이 당백호(唐佰虎, 당인의 자)의 눈에도 관아의 가혹한 수탈에 저항하는 서릿발을 세운다. 암 그렇지! 시인이 걸어다니는 송장인가?

쑤저우는 벌써 3100년의 영화를 누렸다. 바둑판 같은 운하 속에 운하를 베개 삼고, 그 물을 먹고 그 물로 빨래하고, 한동안 죽음처럼 꼼짝하지 않던 물이, 최근 개혁·개방을 타면서 부스스 눈을 뜨고 다시 움찔거린다. 달밤이면 뱃노래 흥얼거리며.

타관도 고향이요, 싸움터도 주막일 수 있는
술

술은 시인에게 또 하나의 언어다. 시인의 위안이요, 시인의 휴대품이다. 동서고금이 그랬다. 그중에도 동양의 시인이 더욱 그랬다.

옛날부터 '광약비가미狂藥非佳味'라는 부정론도 없지 않았다. 미치광이의 독약일 뿐 달콤한 맛일 수 없다는 말이다. 그래선지 건강을 생각해서나 정신을 생각해서 술은 해독이라고, 더구나 과음은 절대금물이라고 경고했다. 그럼에도 술은 팔린다. 나는 음주의 발전 단계를 네 가지로 정리해보았다. 술독에 박은 용수 속에서 단술을 훔쳐 먹던 초립동이 때부터 기산하면, 나의 명정사酩酊史도 육십이 가까워진다. 그 체험을 바탕으로 나누어본 것이다.

그 첫 단계는 술을 빌려 즐기는 과정이다. 알코올로 관능을 마취, 쾌락을 얻었다. 3분 취醉에서 5분 취 정도의 취기다. 정신은 아직 말똥말똥한데 웃음이 폭발하는 상태다. 두 번째 단계는 술을 빌려 근심을 퇴척退斥하고 그러면서 현실에서 도피하는 과정이다. 5분 취에서 7분

취 정도의 취기다. 모든 시름을 잊고 모든 낙을 만끽한다. 희멀건 눈동자에 흐느적거리는 팔다리, 그러나 하늘이 보이고 땅이 보이는 상태다.

세 번째 단계는 완전히 곤드레만드레해서 한 걸음 더 나서면 자연과 합치되는 경지를 말한다. 마지막 단계는 취기의 막다른 골목에서 다시 되돌아가는 반환점을 말한다. 술이 깨고 으스스 엄습하는 한기와 함께 고독한 자아를 회복하는 일이다. 쓰러졌던 자리에는 꽃이 쌓이고 시끌벅적했던 술자리에는 파란 달빛이 괴게 마련이다. 이 네 단계의 예시例詩를 각각 두 편씩 들어본다.

함초롬 이슬방울,	湛湛露斯
해가 떠야 스러진다.	匪陽不晞
밤이 깊도록 곤드레만드레,	厭厭夜飮
코가 삐뚤어지지 않으면 가지 않으리.	不醉無歸

　　―〈함초롬 이슬〔湛露〕〉, 《시경詩經》, 〈소아편小雅編〉

이루면 노래하고 잃거든 쉬지.	得卽高歌失卽休
시름 많고 한 많아도 쉬엄쉬엄 살게.	多愁多恨亦悠悠
오늘 마실 술 있거든 실컷 마시게,	今朝有酒今朝醉
내일 걱정이랑은 내일 다시 말하게.	明日愁來明日愁

　　―〈자위自慰〉

한 편은 주周나라 성왕成王 때, 천자가 제후를 초치招致, 잔치를 벌이며 이 밤이 새도록 부어라 마셔라 하는 장면이다. 영롱한 이슬, 맑은 이슬이 함초롬 무성한 것은, 깊은 밤 무르익은 분위기를 돋워준다. 취하도록 마시고 얼싸 안도록 한 덩이가 되어 군신 간의 일체감을 노래했다. 벌써 3000여 년 전임에도 오늘을 활활 타오르게 즐김이 보인다.

또 한 편은 그로부터 2000년이 지난 만당 때, 몰골은 쑥떡 같아도 날카로운 풍자시로 문명을 날렸던 나은(羅隱, 833~909)▪의 작품. 쉬엄쉬엄 느긋느긋 살 것을 권유했지만, 술을 만나면 당장 호기를 부려서 술동이를 비우고 마는 그 버릇, 내일은 삼수갑산三水甲山 갈지언정 오늘은 코가 비뚤어지도록 마시겠다는 것이다. 오늘 전후세대의 금일주의今日主義나 쾌락주의, 그 화염은 상고부터 도사렸던 것이다.

제1단계가 다만 관능의 쾌락이라면 제2단계는 그 층차가 달랐다. 관능에서 내면의 세계로, 현실에서 탈현실로 전향의 추구였다. 중국 고전시 중 음주시의 대부분이 이 언저리에서 맴돌았다. 그중에도 이백(李白, 701~762)의 〈술을 권하며〔將進酒〕〉나 육유(陸游, 1125~1210)▪▪의 〈술잔 놓고〔對酒〕〉 속에 메시지가 뚜렷했다.

▪ 당나라 말기 시인. 저작좌랑著作佐郎, 간의대부諫議大夫, 급사중給事中 등을 역임했다. 저서로 《참서讒書》, 《갑을집甲乙集》, 《양동서兩同書》 등이 전한다.
▪▪ 남송의 대표 시인. 철저한 항전주의자였으며, 약 50년 동안 1만 수首에 달하는 시를 남겨 중국 시사상詩史上 최다작의 시인으로 꼽힌다.

(······)

주인 되는 사람이 돈이 없어서야,　　　　主人何爲言少錢

얼른 술을 사서 그대와 마실 거야.　　　　徑須沽取對君酌

오색 찬란한 말이나 천금의 가죽 옷쯤은　　五花馬千金裘

동자 불러 미주와 바꾸고,　　　　　　　呼兒將出換美酒

얼씨구절씨구, 우리 함께 만고의 걱정 사르세.　與爾同銷萬古愁

(······)

―〈술을 권하며〉

시름일랑 날리는 눈송이처럼　　　　　　閑愁如飛雪

술잔 속에 녹아버린다.　　　　　　　　入酒卽消融

꽃송이랑 다정한 친구처럼　　　　　　　好花如故人

웃음 한 번에 술잔이 비었다.　　　　　　一笑杯自空

(······)

―〈술잔 놓고〉

　이백은 세상에 다시없도록 귀한 말이나 옷가지를 전당 잡히고 좋은
술 몇 병으로 곤드레만드레, 마침내 만고의 시름을 떨치겠다는 생각이
다. 천하의 천재는 미치고팠던 것이다. 천금을 주고도 술을 마시겠다
는 호기, 호기의 끄트머리는 기껏해야 음주방가. 그 목적은 '소수銷

32

〈도연명중양음주도陶淵明重陽飲酒圖〉, 황신黃愼, 청. 음력 9월 9일 중양절에 시인과 묵객들은 주식을 마련하여 황국黃菊을 술잔에 띄워 마시며 시를 읊거나 그림을 그리며 하루를 즐겼다. 오류五柳 선생 도연명도 이날 큰 대접에 술을 담아 마음껏 취했다. 두건에 꽂힌 국화가 중양절의 기쁨을 보여준다.

愁!' 근심을 사르는 일이다.

그로부터 꼴딱 400여 년이 지난 송나라 순희淳熙 3년(1176), 육유가 사천四川에 있을 때, 그 또한 호방한 애국시인이었다. 그는 술의 소수공능銷愁功能을 설법하되 비유를 연계시켰다. 시름은 눈송이 같아서 술잔에 날아들면 녹는다 했고, 친구는 꽃송이 같아서 호탕한 웃음소리에 홀랑 잔을 비웠노라 했다.

제2단계가 현실의 도피라면 제3단계는 사람과 자연, 너와 나, 현실과 꿈, 삶과 죽음 등의 차별을 뛰어넘는 융합의 경지다.

음주시의 일인자였던 이백은 살면서 그러한 차별이 싫었던 것이다. 그래서 이를 초월할 수 있는 기氣를 술에서 채취했다. 결국 술의 힘을 빌리면, 낯설고 외로운 타향도 고향일 수 있고, 마지막 뛰어나가는 전쟁의 모래밭에서 죽음이 두렵지 않노라는 비장한 초극을 보였다.

난릉 명주에 튤립 향기,	蘭陵美酒鬱金香
옥잔에 따르면 호박 빛깔.	玉琬盛來琥珀光
주인이여! 나그네를 취하게 하소서,	但使主人能醉客
하늘 아래 어디가 타향이랍디까?	不知何處是他鄉
—〈타향에서〔客中作〕〉	

아름다운 야광술잔에 고운 포도주,	葡萄美酒夜光杯
막 마시려 할 제, 비파 소리, 출전을 서둔다.	欲飲琵琶馬上催

저 술 마시고 모래밭에 뒹굴어도 웃지 말게나!　　醉臥沙場君莫笑

고래로 싸움 나간 사내 몇이나 돌아왔었남?　　古來征戰幾人回

　　—⟨양주의 노래〔凉州詞〕⟩

　　이백이 736년, 그 나이 36세 때 산둥 임성任城에 살면서 당시 명주였던 난릉술, 그것도 산둥 지방의 술이 호박잔에 넘실넘실거릴 때 술의 매혹은 절정에 달했겠지, 더구나 튤립 향기가 진동하는데. 당나라 한때, 그것도 동쪽의 반도인 산둥 시골임에도 서구적인 멋이 넘치고 있었다. 그는 꽤 보헤미안이었던 모양이다. 그 분위기 진한 술을 둘러쓰고팠던 것이다. 실컷 취하면 어떤 경계를 뛰어넘을 수 있으리라 생각했다. 타향과 고향, 남과 나, 심지어 죽음과 삶을.

　　왕한(王翰, 687~726)▪은 이름난 변새시인邊塞詩人▪▪이었다. 그는 젊어서 서역의 초입인 양주(지금의 간쑤성 무위현)에서 노닐었다. 이백보다 열네 살 위인지라 세시풍속이 비슷했겠다. 더구나 실크로드의 연도라 포도주나 야광배는 희한치 않았으리라. 문제는 그 술에 취하고픈 마음과 싸움터에서 스러지고픈 마음이 공통하고 있음이다. 왕한의 광방불기(狂放不羈, 미친 듯이 방만하고 제멋대로임) 오만불손한 성격과 전광석화電光石火

▪ 당나라 시인. 호방하여 자부심이 강하고 분방한 생활을 하였다. 그의 ⟨양주의 노래⟩는 당대 칠언절구 중 걸작으로 꼽힌다.
▪▪ 변새시는 일반적으로 변경 지역의 풍광과 사람들, 그곳에서의 감회, 또는 종군 길에 오른 병사의 고충과 정서, 전쟁 등을 제재로 지은 시를 가리킨다.

의 위기 상황이 범벅된 찰나, 그 핏빛 포도주를 단숨에 들이켜고픈 호기와는 달리, 별안간 비파의 출전 명령. 왕한은 차라리 모래밭에 뒹굴고 싶었다. 그 모순이 교차하는 전지에서 삶과 죽음은 한가지로 보였던 것이다.

그러나 술은 깨게 마련이다. 깨면 어쩔 수 없이 쓸쓸한 자아로 돌아왔다. 만당의 풍자시인 피일휴(皮日休, 834?~883?)˙는 그의 아호 취음선생醉吟先生처럼 평생 술을 즐기면서도 강렬한 저항정신으로 일관했다. 그러한 사람도 술이 깬 뒤는 외롭고 칼칼했다. 피일휴와 동시대였던 이상은(李商隱, 812~858)˙˙은 만당의 대표적인 유미주의 시인답게 세상의 자연미에 침취했다. 그의 심미적 추구는 신앙적이리만큼 집요했다. 흐르는 안개에 취했다가 술에 취하고, 술에서 깬 깊은 밤, 다시 촛불을 들고 잔화殘花를 감상하는 그에게 꽃은 밤낮이 없었고 취성醉醒이 없었다.

술 깨자, 휘영청 산달이 높고,   醒來山月高

책 무더기 속에 베개 하나.   孤枕羣書裡

목은 타고 질펀히 차 생각,   酒渴漫思茶

동자는 불러도 감감하다.   山童呼不起

—〈밤중, 술 깬 뒤〔開夜酒醒〕〉

˙ 당나라 말기의 문학자. 고향 가까이의 루먼산鹿門山에 은거하여 시와 술을 벗 삼았다. 저작으로 《정악부십편正樂府十篇》, 《루먼은서鹿門隱書》 등이 있다.
˙˙ 당나라 시인. 굴절이 많은 화려한 서정시를 썼으며, 시집에 《이의산시집李義山詩集》이 있다.

꽃구경타가 나도 몰래 취한 뒤,　　　　　尋芳不覺醉流霞

나무에 기대 깊은 잠들자 해는 기울고.　　倚樹沈眠日已斜

손님은 흩어지고 술이 깬 심야에　　　　　客散酒醒深夜後

다시 촛불 들고 마무리 꽃구경하이.　　　　更持紅燭賞殘花

—〈꽃나무 아래 취해서〔花下醉〕〉

　두 사람 모두 술 깬 뒤의 적막을 썼지만 서로 다르다. 하나는 휘영청 달빛에 외로운 베개, 수족처럼 말을 듣던 동자조차 깊은 잠에 빠져 있는데, 다른 하나는 깊은 밤 다시 촛불을 들고 허전한 가슴으로 꽃내음을 줍고 있다.

버들이 강을 건너올 때
이른 봄

실없는 시인들은 봄이 어디서 오느냐고 사문자답했다. 잎산을 불대우는 진달래꽃, 섬돌 위에 곤히 잠든 고양이, 그리고 나물 캐는 시골 처녀의 다홍치마로부터 온다고 한다. 하지만 동양의 마음은 훨씬 이르다. 진작 동지冬至를 지나면 일양一陽이 움직이기 시작한다고 했다. 그러니까 동지면 아직 적설기積雪期에 들지도 안 할 때인데, 이 땅속에는 봄이 벌써 꿈틀거린다는 말이다. 그래서 동지가 지나고 머지않아 설날, 곧 춘절春節을 기렸다.

그래서인지 얼음이 풀리지 않은 채 꽃샘바람이 일 때, 시인의 눈과 귀는 매화나 버들가지에 모이게 마련이다. 거기서 당장 폭발의 기적을 기다리고 있었다. 그렇게 기다리다가 겨울인지 봄인지 누런 땅인지 파란 싹인지 가릴 수 없을 만큼 무심해지는 어느 날, 거짓말처럼 파릇한 풀잎이 솟아있는 것이다. 그것은 생명의 경희驚喜요, 들리지 않는 지축의 굉음이다.

벌써 1600년 전, 진나라 도연명(陶淵明, 365~427)▪보다 20년 늦게 나타난 중국 최고의 산수시인이었던 사령운(謝靈運, 385~433)▪▪은 그 경희를 시 속에 재현했다.

(……)

귀를 기울여 물결소리 듣고　　　　　　傾耳聆波瀾

눈을 들어 산꼭지를 올려본다.　　　　　擧目眺岣嶺

이른 햇볕에 남은 바람을 펴고,　　　　初景革緒風

새 양지에서 옛 그늘을 지운다.　　　　新陽改故陰

연못에는 봄풀이 돋고.　　　　　　　　池塘生春草

마당 버들에서는 새들이 번갈아 운다.　園柳變鳴禽

(……)

　―〈지상루에 올라〔登池上樓〕〉

사령운의 감각은 몹시 섬세했다. 무심코 자연의 한 풍경 속을 차지하고 있다가 문득 푸릇푸릇 돋아난 풀싹을 순간 포착한 것이다. 생명의 '생성〔生〕'과 '변이〔變〕', 그 뚜렷한 운행 질서를 빠끔이 돋아난 풀싹

▪ 송대宋代의 시인. 당대唐代의 맹호연, 왕유, 저광희 등 많은 시인에게 영향을 주었으며 주요 작품으로 〈도화원기桃花源記〉, 〈귀거래사歸去來辭〉 등이 있다.
▪▪ 남북조 시대 시인. 당시 제대로 문학적 표현의 대상이 되지 못했던 산수자연의 아름다움을 시의 주제로 했다. 대표 작품으로 〈지상루에 올라〉, 〈초거군草去郡〉 등이 있으며, 불경을 깊이 연구하여 《대반열반경大般涅槃經》을 번역하기도 했다.

〈조춘도早春圖〉, 곽희郭熙, 송. 겨울 장막 사이로 봄기운이 비친다. 거친 능선을 따라 날카 롭게 뻗은 나뭇가지는 동장군의 위세를 느끼게 하지만, 시냇물은 우리도 모르는 사이 깨어났고, 어부는 강에 풀어놓은 그물을 걷어올린다. 어느덧 봄이 떼를 지어 몰려오고 있는 것이다.

과 여기저기서 높고 낮은 소리로 번갈아 우는 새를 빌려 표현한 것이다. 우리의 위대한 출발이나 변상이 모두, 어느 날 아무렇지 않게 우리 가까운 이웃에서 벌어진다. 제아무리 광대무변한 우주의 순환일지라도 그 제일보는 저 작은 풀잎의 저 평범한 일상에서 시작되었다. 사령운 문학의 신구神句를 "연못에서 봄풀이 돋고 마당 버들에서는 새들이 번갈아 운다."로 두는 까닭이 바로 여기에 있다.

이른 봄, 생성과 변이의 경희는 이윽고 천지를 물들이기도 한다.

송宋나라 때 이름난 전원시인이었던 범성대(范成大, 1126~1193)■, 그 손끝에 그려진 이른 봄은 나를 탄절케했다.

선득선득 늦추위에 준마조차 뻣뻣할 때,　　　陣陣輕寒細馬驕,

대숲 주막집에 작은 발이 나부낀다.　　　竹林茅店小簾招

봄바람은 벌써 남계 물을 푸르게 물들이곤,　　　東風已綠南溪水

다시 계남땅 버들숲을 푸르게 물들인다.　　　更染溪南萬柳綠

—〈횡당교에서 황산을 지나며〔自橫塘橋過黃山〕〉

바람이 시냇물을 염색하더니 이윽고 버들조차 물들인다는 자연의 화폭 옆에 꽃샘추위에 뻣뻣해진 말이나, 주막집 작은 창틈으로 나부끼

■ 남송南宋의 정치가·시인. 지방관을 거쳐 재상의 지위인 참지정사參知政事에 이르렀고 시에서 이름을 날려 남송 4대가의 하나. 어느 한 격식에 얽매이지 않는 시풍으로 유명한데, 저서로 《석호시집石湖詩集》과 《석호사石湖詞》가 있다.

는 꾀죄죄한 발을 대조시킨 것이다. 그것들이 있어서 강물이 훨씬 푸르다. 그토록 푸르게 한 것은 다만 봄바람일 뿐이라는 풀이가 으스스한 조춘早春을 정신 나게 한다.

그런데 이른 봄은 첫 새벽부터 시끄럽다. 인간은 나른하고 인간은 더 외로운데 꾀꼬리는 울고 꽃은 웃는다. 끝내 적막한 시인은 도대체 봄은 누구의 것이냐고 저주한다. 미美의 탐색시인 이상은은 첫 새벽을 열고 이렇게 저주했다.

새벽, 담담한 이슬 · 바람에,	風露澹淸晨
주렴 사이로 혼자 일어나는 사람.	簾間獨起人
꾀꼬리는 울고 꽃은 피거늘,	鶯花啼又笑
도대체 누구의 봄일까.	畢竟是誰春

　　—〈일찍 일어나〔早起〕〉

이렇게 저주하는 동안 봄은 떼를 지어 달려오고 있다. 그 활력과 동력이 밀려오고 있다. 마치 도강渡江하는 군중처럼 매화와 버들이 기승을 부리고 있다.

당나라 시성詩聖 두보의 할아버지 두심언(杜審言, 645~708)■은 이렇

■ 초당初唐 시기의 시인으로, 시재詩才가 풍부했고 특히 5언五言 율시律詩에 뛰어나 심전기·송지문 등과 함께 초당 궁정시인의 대표적 존재였다.

게 노래했다.

나는 타관땅 벼슬아치,　　　　　　　　　　　獨有官游人

갑자기 경물도 철도 바뀌었네.　　　　　　　偏警物候新

구름과 안개가 새벽 바다를 솟구치더니,　　雲霞出海曙

매화, 버들이 봄강을 건너온다.　　　　　　梅柳渡江春

　—〈이른 봄, 진릉땅 육정승에 화답하며〔和晉陵陸丞早春游望〕〉

글쎄, 여기서는 '出'자와 '渡'자가 절묘하다. 하나는 치솟고 하나는 건넌다. 하나는 세로로, 하나는 가로로 동태의 힘과 혼연의 미가 번져 그렇다.

더욱 감동적인 파노라마는 당나라 백거이의 사詞**〈강남을 그리며〔憶江南〕〉에서 절정을 그린다.

강남은 아름다워라,　　　　　　　　　　　　　　江南好

옛날부터 눈에 익었던.　　　　　　　　　　　　風景舊曾

해 뜨면 강물꽃 불보다 붉어라,　　　　　　　　日出江花紅勝火

봄 오면 강물 푸르러 차라리 쪽빛이어라.　　春來江水綠如藍

**　중국 운문의 한 형식. 민간 가곡에서 발달하여 당나라 이후 오대五代를 거쳐 송나라에서 크게 성행하였다. 시형에 장단구가 섞여 장단구라고도 하며, 시여詩餘·의성倚聲·전사塡詞라고도 한다.

어이 그립지 않으리.   能不憶江南

　　―〈강남을 그리며〉

　봄 들어 풀린 물, 그 물에 해가 뜨면 불빛이고, 그 물은 푸르다 못해
쪽빛인걸, 그래서 봄은 꽃이요 불이다. 이른 봄은 이렇게 역동한다.

귓불에 와닿는 봄의 숨결
새소리

따스한 봄날, 이제 기지개를 펴는 사월에 앉으면 확 늘어지고 싶다. 훨훨 버들개지 날고 목련꽃 떨어진 자리에서 쫑긋쫑긋 새잎이 돋을 때, 데구르 소반을 구르는 구슬 소리인양 새가 운다. 세상 어디서 저토록 청아한 운율이 구르고 있을까? 건반을 두드리는 피아노 소리 같기도, 우아한 유리 꽃병이 와르르 부스러지는 소리 같기도, 아니 휘파람 소리 같기도. 귀는 한결 간지럽고 상쾌하다.

무릇 아름다운 소리는 세상에 남는다. 음악가에 의해 오선지에 기록될 뿐 아니라 시인들의 원고지에도 잡힌다. 내로라하는 중국 명류 시인 중에도 송宋대 문호 구양수(歐陽修, 1007~1072)▪는 장편시 〈우는 새[啼鳥]〉를 들고 나왔다. 그것은 새 울음에 대한 가히 총론적인 내용이었다. 서기 1036년, 구양수가 서른 살 때 이릉夷陵, 지금의 후베이성湖北省 의

▪ 송나라의 정치가 겸 문인. 한림원학사翰林院學士 등의 관직을 거쳐 태자소사太子少師가 되었다. 당송 8대가唐宋八大家의 한 사람이었으며, 《구양문충공집歐陽文忠公集》 등을 남겼다.

창宜昌 땅 현령縣令으로 좌천되어 쓴 글, 그 중요한 시구를 절록節錄하
면 다음과 같다.

(······)

꽃 장막, 충충 잎에 눈부신 아침 햇살,　　花深葉暗輝朝日

따사한 날, 뭇새들이 지지구구.　　日暖衆鳥皆嚶鳴

새들은 나더러 저들의 뜻을

어찌 알겠느냐 하지만,　　鳥言我豈解爾意

저 구슬 소리는 카랑카랑 아름다워라.　　綿蠻但愛聲可聽

남창에 춘곤 들 제 봄은 무르익는데,　　南窗睡多春正美

새벽 하늘에도 벌써 백 가지 혀를

굴리는 소리.　　百舌未曉催天明

꾀꼬리 저 수려한 용모 말고도,　　黃鸝顔色已可愛

저 젖먹이 혀끝에 상긋한 옹알이.　　舌端嫣咤如姣嚶

(······)

꽃 웃음과 새 울음에 문득 취했거늘,　　花開鳥語輒自醉

취중에 꽃과 새의 친구 되었기로.　　醉與花鳥爲交朋

꽃은 상긋 나를 보며 웃고,　　花能啞然顧我笑

새는 내게 술을 권하니, 무정하다니?　　鳥勸我飲非無情

(······)

—〈우는 새〉

〈쌍연도雙燕圖〉, 서인숭徐仁崇, 연대미상. 봄의 전령자 제비가 흐드러지게 핀 꽃 사이로 난다. 새집을 짓겠다며 부지런히 날개품을 파는 제비를 보며 사람들은 봄인 것을 안다. 한낮을 가득 채우는 꽃 웃음과 새의 울음. 이를 벗 삼아 시인은 노래 한 수를 짓는다.

　　장장 36구 중 12구만 절록했지만 새 울음의 현장과 본색, 거기다 시인과 새의 내밀한 교류 끝에 또 한 가지의 '천인합일天人合一'의 경지를 보임은 충분하다. 역시 새의 소재는 깊숙한 꽃 더미와 첩첩한 잎사귀 속, 거기다 신선한 햇살 속에 거침없는 지저귐이다. 그 지저귐을 백 개의 혀를 굴리는 소리, 차라리 말을 배우는 젖먹이의 옹알이로 비유했다. 그렇게 싱싱한 천연의 음색은 사람을 한 몸으로 묶는다. 꽃과 웃음을 나누고 새와 술을 마시고, 그래서 시인은 화조花鳥와 통정通情하기에 이른다. 구양수라는 한 유배객의 이목에 잡힌 순수 무구한 새의 울음과, 내밀한 융합이 벌어신 것이다.

　　그러나 새소리 한 가지만의 묘사로는 만당晩唐 때의 현실파 유미시인이었던 두순학의 "따스한 바람에 새 울음 부스러지고"만큼 감각적인 구절도 없다.

따스한 바람에 새 울음 부스러지고,　　　　　風暖鳥聲碎

높은 태양 아래 꽃 그림자 포갰어라.　　　　日高花影重

해마다 강남 월강 아가씨는,　　　　　　　　年年越溪女

연꽃 따던 세월을 그리워한다.　　　　　　　相憶採芙蓉

—〈봄날 궁중의 한〔春宮怨〕〉

　　물론 제목에 밝혔듯 봄날 궁중에서 궁녀의 한을 그린 시이지만, 여기에서 새 울음을 듣는 장소도 따스한 봄날, 화사한 햇살 속에서다. 특

히 새 울음을 '부스러진다' 한 것이나, 그때 쏟아지는 햇살 속 꽃 그림
자를 '포갠다' 함은 신선한 공감각이다. 보이지 않는 소리와 만질 수
없는 그림자를 기물器物시한 것이다.

봄·여름·가을 없이 들리는 새소리도 따뜻한 봄날, 화사한 햇살 속
에 유난히 들리는 법이다. 그런데 새소리도 우리 의식에 달렸다. 새가
울어서 산이 더욱 깊게 느낄 수도, 거꾸로 새가 울지 않아도 산은 여전
히 깊게 느낄 수 있다. 동動과 정靜이 전화轉化될 수도 그렇지 않을 수
도 있다는 것이다.

그것은 남조南朝 때 사령운을 경모했던 산수시인 왕적(王籍, 585~644)■
이 소흥紹興땅 옛날 서시西施가 빨래했다는 약야계若耶溪에서 아래 구절
을 얻으면서부터였다.

매미가 울면 숲은 더욱 고요하고,　　　　蟬靜林愈噪

새가 울자 산은 보다 그윽하여라.　　　　鳥鳴山更幽

—〈약야계에서〔入若耶溪〕〉

결국 새의 울음으로, 산에 있으면서도 산을 느끼지 못한 무의식을
깨고, 산에 있음을 의식했으니 더 한적할 수밖에. 그래서 양론이 생

■ 당나라 시인. 재래의 여습에서 벗어나지 못한 초당初唐 시단詩壇에서, 두절되었던 정치 문학을 계
승하고, 새로운 근체시의 형식 속에 통속적이면서도 충실한 내용을 담아냈다.

겼다. 하나는 동정전화動靜轉化▪요. 하나는 산자산수자수山自山水自水▪▪
였다.

　금나라 때 이안(李晏, 1123~1197)은 우리 고려땅 평주平州에 와서 중
화관中和館 뒤에 있는 초당을 구경하면서, 왕적의 그것을 닮은 명작을
남겼고, 송나라 재상이었던 왕안석(王安石, 1021~1086)은 남경南京에 있
는 종산鍾山에 올라 왕적의 그것과 상반된 역시 명절을 남겼다. 새는
그때나 지금이나 아무 생각 없이 그냥 울건만.

　　(……)
　　산새는 사람이 싫어 살짝 비끼면서,　　　　　山鳥似嫌游客到
　　끽—소리, 정자의 고요를 흔들었네.　　　　　一聲啼破小亭幽
　　—〈고려 평주 중화관 초당에서〔高麗平州中和館后草堂〕〉

　　띳집 처마끼리 온종일 마주보면서,　　　　　茅簷相對坐終日
　　산새 한 마리 울지 않는데
　　산은 보다 그윽하여라.　　　　　　　　　　一鳥不鳴山更幽
　　—〈종산에서〔鍾山卽事〕〉

▪ 동적인 장면을 정적인 분위기로, 정적인 분위기를 동적인 장면으로 전환시킴.
▪▪ '산은 산이요, 물은 물이다' 라는 뜻.

50

　　정자는 항아리처럼 무겁게 침묵하는데, 새의 울음이 그만 그 무거운 적막을 깬 것이나, 산새 한 마리 울지 않는데 산은 산대로 그윽함은 모두 진실이었다. 하나는 돈망(頓忘, 갑자기 잊음) 상태에서 상대적인 정적을, 하나는 의식 상태에서 자연적인 정적을 느낀 것이다. 결국 새의 울음은 자연을 자연대로, 혹은 자연을 보다 심각하게 공명시킨 것이다. 그래서 새는 울어서 시인을 만들고 화가도 만든다.

이별과 만남의 정한이 흐르는 곳
관문

지금 이 나이에도, 이 땅의 끝은 어떤 모습일까? 궁금하다. 거기에는 검푸른 바닷물이 넘실댈까? 아니면 하늘을 찌를 듯 추녀를 세우고 있는 웅장한 관문이 서있는 걸까? 그 관문 앞에 발을 멈추고 어디로 갈까 서성이고 싶다.

중국은 그 망망한 대지와 걸맞게 웅장한 관문도 많다. 만리장성 군데군데는 물론, 만리장성 끝나는 저 멀고 먼 요새에도 관문은 있다. 만리장성의 기점인 발해渤海 연안의 산하이 관山海館을 비롯, 허베이성河北省 태행산太行山의 쥐융 관居庸館과 만리장성의 종점인 간쑤성甘肅省 자위 관嘉峪館 등 소위 중국 3대 관문 외로도 간쑤성의 옥문관玉門館, 양관陽館, 그리고 쓰촨성四川省의 검문관劍門館, 신장성新疆省의 철문관鐵門館 등이 그 웅장한 모습을 땅에 박고 있다.

관문은 다양한 기능을 갖추고 있었다. 오늘날 법무부의 출입국 사무소, 재경부의 세관, 국방부의 국경 수비대 등의 기구에 상당했다. 그러나 옛날 관문이 우리에게 주는 정감은 한갓 사무에 그치지 않았다. 그것은 망부석望夫石 같은 그림으로 남았고, 그것은 또한 이별과 만남의 정한情恨의 현장이었다. 망망한 사막, 그 황량한 극한적 축조물은 감격과 눈물의 퇴적이었다. 그것은 비록 봄바람조차 넘지 못할 만큼 먼 변방이었지만, 그렇게 쉽게 풍화되지 않고 바람 속을 버티고 서있었다.

시 속에 애창되는 관문은 결코 그 관문만 노래한 것은 아니었다. 왕유(王維, 699?~759)▪의 〈원이를 안서에 보내면서[送元二使安西]〉나 왕지환(王之渙, 698~742)의 〈요새를 나서며[出塞]〉는 제목대로 친구를 전별하고 요새 밖의 풍경을 그리는 시임에도, 독자들은 이 시들을 〈양관곡陽關曲〉이나 〈옥문관곡玉門關曲〉으로 부르고 있다. 〈원이를 안서에 보내면서〉는 장안 거북 교외에 있는 위성渭城이라는 주막거리에서 쓰였고, 〈요새를 나서며〉는 황하가 멀리서 굽이치는 양주凉州, 곧 오늘의 간쑤성 우웨이武威에서 쓰인 것이다.

위성땅 아침 비가 먼지를 적실 때,	渭城朝雨浥輕塵
주막집은 푸르른데 버들잎 새로워.	客舍青青柳色新
한잔 더 하게나 그대여!	勸君更進一杯酒

▪ 당나라 시인·화가. 대표적인 산수시인으로 불교에 해박하여, 선禪의 색채를 띤 작품을 다수 남겼다. 말년에는 종남산에 은거하였는데, 이 시기 다수의 작품을 남겼다.

《잡서책雜書冊》, 양무양楊無羕, 청. 옛 그림과 시에서 관문은 단순히 행정적 절차를 밟기 위한 곳이 아니라, 이별과 만남이 이루어지는 정한의 현장이었다. 사랑하는 사람을 두고 전쟁터에 나가야 하는 군인, 먼먼 서역으로 떠나는 친구를 전송하는 사람들이 관문의 턱을 차마 넘지 못하고 눈물만 흘렸다.

서로 양관을 나서면 친구 하나 없을걸.　　　　西出陽關無故人

―〈원이를 안서에 보내면서〉

황허는 멀리 흰 구름 사이를 오르고,　　　　黃河遠上白雲間

한 조각 외로운 산성 천만 자 높이.　　　　一片孤城萬仞山

오랑캐 피리는 한사코 슬픈 가락인고?　　　羌笛何須怨楊柳

봄바람은 옥문관을 넘지 못하는데.　　　　春風不度玉門關

―〈요새를 나서며〉

　양관은 둔황敦煌 서남쪽 70킬로미터 지점에 있고, 옥문관은 양관보다 멀리 둔황 서북쪽 88킬로미터 지점에 있었다. 그러니 위성에서 둔황을 거쳐, 양관을 지나 옥문관까지 망망한 고비 사막을 적어도 달폿길은 터덕거려야 했다. 심지어 돌아올 수 없는 길로 불렸을지도 몰랐다. 그것은 불모의 땅에 세워진 누우런 비토碑土였다.

　두 편이 모두 신록의 계절이다. 하나는 먼먼 서역으로 전근하는 친구를 보내며 거기 양관은 친구도 꽃도 없는 불모의 땅으로 묘사했고, 하나는 봄이면 버들피리 불어 슬픔 달래는 변새의 땅, 거기 옥문관은 봄바람조차 넘어오지 못하는 차라리 죽음의 땅으로 묘사했다.

　그러나 서쪽 관문은 거기서 그치지 않았다. 다시 서西로 고비 사막을 지나 타클라마칸 사막의 초입까지 깊숙이 들어간 쿠얼러庫爾勒 시 북쪽 10킬로미터에 있는 철문관. 그곳은 '천하최후일관天下最後一關'으로 불렸다. 서한西漢 때 장건(張騫, ?~기원전 114)이 서역 경략을 하며 세운 것이다. 당나라 때의 대표적인 변새시인으로 꼽히는 잠삼(岑參, 715~770)＊은 아예 '철문관루[題鐵門關樓]'라는 제목으로 명편을 남겼다.

철관 서쪽 아득한 하늘,	鐵門天西涯
눈을 히득거려도 보이는 나그네 없어.	極目少行客
관문에는 문지기 하나,	關門一小吏
온종일 석벽만 마주보네.	終日對石壁
천길 낭떠러지에 놓인 다리와	橋跨千仞危
두 벼랑 사이 가물거리는 길.	路盤兩崖窄
어렵사리 그 서루에 올라,	試登西樓望
휘둘러보면 머리조차 세겠네.	一望頭欲白

　―〈철문관루〉

　옥문관과 양관이 망망 사해砂海에 흙더미라면, 철문관은 그 겨드랑에 공작강孔雀江을 끼어선지 나무가 있고 누각이 있었다. 모두가 서한西漢 대의 유물, 한무제漢武帝의 힘이 천하에 떨치던 때였다.

　그러나 한나라 때 만리장성의 판도는 오늘의 그것이 아니었다. 발해 연안의 산하이 관이나 간쑤성의 자위 관은 명나라 초엽인 홍무洪武

■ 당나라 시인. 두 번에 걸쳐 사막 지역을 종군한 경험을 살려 쓴 변새시가 유명하다.

연간의 일. 자위 관은 1372년, 산하이 관은 1381년에 각각 기공했다. 산하이 관은 '천하제일관天下第一關', 자위 관은 '천하제일웅관天下第一雄關'으로 자처했다. 그것들을 찬미한 시로 청대의 작품이 알려졌다.

양광(兩廣, 지금의 광둥성廣東省과 광시성廣西省을 말함)의 총독으로 영국 사람의 아편 밀수를 엄단타가 그만 귀양 길에 올랐던 임칙서(林則徐, 1785~1850)의 〈자위 관을 나서며〔出嘉峪關感賦〕〉와, 근대화에 앞장섰던 정치사상가 위원(魏源, 1794~1857)의 〈산하이 관山海關〉이 대표적이다.

백척관문이 하늘을 서역으로 나누는 곳에,	嚴關百尺界天西
만 리 길 나그네가 말굽을 멈춘다.	萬里征人駐馬蹄
날을 듯 누각은 멀리 꼿꼿한 진나라 수목과 연이었고,	飛閣遙連秦樹直
두른 듯 담벽은 살짝 나직한 감숙땅 구름을 누른다.	繚垣斜壓隴雲低
천산은 깎아지른 벼랑이라 어깨를 비비며 섰고,	天山讒削磨肩立
고비 사막은 아득해라, 사람들은 무한을 본다.	瀚海蒼芒人望迷
누가 효함*을 천고의 험지라 했는가?	誰道崤函千古險
돌아보면 겨우 한 뭉치 진흙덩이인걸.	回看只見一九泥

—〈자위 관을 나서며〉

* 효산과 한구 관函谷關.

높은 산성에 한밤중이면,	嚴城當子夜

길마다 변방의 소리.   百道起邊聲

섬에서 하늘 바람이 일면,   島嶼天風起

마치 발해의 군사가 몰려오는 소리.   如聞鴨綠兵

　　―〈산하이 관〉

　자위 관과 산하이 관에 이르러, 이미 황토의 판축板築이나 사막의 망루가 아니었다. 벌써 벽돌의 건축에다 엄성嚴城에 웅관雄關이었다. 자연을 융합하면서 자연을 압도하고, 무한의 공간과 무궁한 시간을 보고 있었다. '천하제일' 답게 모래의 바다와 물의 바다를 굽어보고 있었다. 중국의 끄트머리가 아닌 중국의 몸통에서 말이다.

꽃이 진다고 세상이 비이랴!
낙화

요즘처럼 세계 도처에서 문화가 죽어가는 봄날, 떨어지는 꽃잎이 아쉬워 눈물 치렁치렁한 소년이 있다면, 이 땅은 아직도 따뜻하리라. 정말이지 요즘처럼 꽃이 지는 날, 신록이 바짝 그 뒤를 따르지 않았더라면 얼마나 서러울지, 그래서 아무도 탓하지 않고 신록에 서있지 않는가? 옛날 시인들은 꽃이 지는 날, 횃불 들고 밤꽃을 구경하거나 곤드레 술에 취해버렸고, 심지어 꽃잎에 눈물을 떨어뜨리기도 했다.

당·송 때만도 낙화落花의 원시怨詩는 수두룩했다. 대체 그들에게 꽃이 지는 소리는 얼마나 컸을까? 다만 꽃잎이 아니라 시인의 정령이었으리라. 꽃이 지면 온 세상이 황막하다고 느꼈다. 그래서 울부짖고 그래서 눈이 부었던 것이다.

봄밤은 어느덧 아침이라　　　　　　春眠不覺曉

곳곳마다 새소리.　　　　　　　　處處聞啼鳥

어젯밤 비바람 소리에   夜來風雨聲

꽃은 얼마나 졌을까?   花落知多少

　―〈봄 아침〔春曉〕〉

　한평생 방랑과 은거로 세상을 보낸 성당盛唐 때, 산수·전원시의 대가였던 맹호연(孟浩然, 689~740)▪은 그날도 봄을 타느라 늘어지게 늦잠을 잤던 것이다. 지저귀는 새소리에 잠을 깨자 동창은 훤하게 밝았고, 생각은 석춘惜春으로 줄달음쳤던 거지. 당장 어젯밤 추녀를 두들기던 빗소리와 뒤란을 파도치던 바람소리가 떠올랐다. 아이코, 꼭지가 떨어지도록 활짝 피었던 꽃들의 안부에 안절부절 못했다. 그때 우지끈 일어서서 미닫이를 열기 전, 그 심사를 적은 시, 단 스무 자.

　맹호연의 머릿속에 떨어지는 것은 꽃만이 아니었다. 꽃 같은 젊음이 세상의 풍우에 꺾이고 떨어졌던 것이다.

　요렇게 앙큼한 오언절구를 배운 사람이 또 있었다. 맹호연보다 열두 살 아래의 왕유. 그는 오언시에 귀신인 시불詩佛이었다. 그 또한 낙화를 그렸지만, 맹호연의 〈봄 아침〉처럼 동적인 것이 아니라 정적인 선경禪境이었다. 하나가 시끌벅적하게 사람과 자연의 관계를 그렸다면, 하나는 오직 자연만을 그린 것이다.

▪ 당나라 시인. 전원생활의 고독과, 자연의 한적한 정취를 담은 작품이 많다. 주요 저서로 《맹호연집孟浩然箋》 4권이 있으며, 약 260수의 시가 전한다.

<옥당부귀도玉堂富貴圖>, 서희徐熙, 오대五代. 꽃
덤불이 화사하다. 백목련, 추해당, 모란 등이
한데 어울어져 아름다움을 뽐내고 맨 아래에는
한 마리 멧닭이 진석珍石 뒤에서 나오고 있다.
이 좋은 봄날이 영영 가지 않으면 얼마나 좋으
랴. 하지만 꽃은 지기 마련인 것을.

인적 없는 곳에 계수나무 꽃 지고　　　　人間桂花落

고요한 밤 텅 빈 봄 산.　　　　　　　　夜靜春山空

달이 뜨자 산새 푸드덕 놀라고　　　　　月出驚山鳥

때론 봄 계곡을 울고 가네.　　　　　　時鳴春澗中

　─〈새 우는 계곡〔鳥鳴澗〕〉

　왕유가 황보악皇甫岳이란 친구네 운계雲谿 별장에서 쓴 시. 사람은
호젓하고 계수나무 꽃은 지고, 달은 뜨고 새가 우는 모두가 자연의 절
대적막이다. 피고 지고 놀고… 그 모두가 자연으로 돌아가는데
그 공간은 모두 텅텅 빈 것이다. 달이 뜨고 새가 놀라고 꽃이 지는 그
모든 동태가 진행 중임에도 산은 죽은 듯하다. 꽃이 펄펄 지는 것은 달
이 뜨고 새가 놀라고 계곡에서 우는 동작이나 다를 바 없다.

　이때 동갑내기 시선詩仙 이백의 정서는 딴판이다. 낙화를 보느니 차
라리 인사불성으로 취했다. 곤드레 취중에 어둠이 오고 몸에는 낙화가
쌓였다. 도취에서 깨자 부스스 꽃잎을 털고 시내를 걷는데, 그때 달은
밝고 새는 둥지로 오고 인적은 없었다. 꽃이 지고 난 뒤, 세상은 온통
적막이었다.

낮술에 어느덧 해거름,　　　　　　　　對酒不覺溟

고의적삼에 수북한 낙화,　　　　　　　落花盈我衣

깨어나 달빛에 시내 걷거늘,　　　　　　醉起步溪月

새는 둥지를 오고 인적은 드물어.   鳥還人亦稀

　—〈마음 달래기〔自遣〕〉

　이백은 그의 광狂적인 성격만큼 꽃을 사랑했다. 꽃이 지는 날 그 아쉬움을 술로 마취했고, 차라리 꽃보라 속에 누워 흥건히 잠을 청했다. 잠이 깨면 다시 절대고독으로 돌아가서 뜨겁던 정을 가까스로 식히면서 달밤 으슥한 계곡을 걷는 것이다.

　그러나 송시宋詩에 보이는 낙화는 자못 냉철했다. 특히 '신법新法'을 제창했던 정치시인 왕안석 또한 석춘惜春의 시편이 많지만, 소월이 〈산유화〉에서 봄·여름·가을 없이 산에는 꽃이 피고 저만치 핀다고 하듯, 자연으로 보고 있다. 꽃은 지지만 산은 아랑곳하지 않고, 그 자리에서 영원히 자재自在한다고 했다.

온종일 산만 보건만 산이 싫지 않아,   終日看山不厭山

산 하나 사서 산속에 늙겠네.   買山終待老山間

산꽃은 모두 져도 산은 옛 산이요.   山花落盡山長在

산물은 한갓 흘러도 산은 한가로워.   山水空流山自閑

　—〈종산에 노닐며〔遊鐘山〕〉

　왕안석은 비바람 정치의 진흙탕에서 시달리다가 모처럼 종산(鐘山, 난징南京 소재)에 살면서, 생사와 천天·인人을 사랑하기보다 꽃과 시내

낙화 63

가 있는 산 그 모두를 사랑한 것이다. 그러니까 왕안석에게는 산이 신앙이다. 산이 성리性理의 본체라면 꽃이나 물을 따로 생각하지 않는다.

네 사람의 시 네 편은 한결같이 꽃을 사랑한다. 맹호연과 이백이 정情으로 꽃을 사랑하다가 한恨으로 낙화를 보았다면, 왕유와 왕안석은 지知로 꽃을 사랑하다가 체념으로 낙화를 받아들이는 것. 그래서 산에 꽃이 지기로서니 산이 빈다고 생각지 않고, 산이 영원하다고 체념한 것이다. 꽃이 진다고 세상이 비이랴!

그리하여 나도 날마다 집앞의 우면산 자락만 바라보고 있다.

님의 어깨 위로 달이 뜰 때
버드나무

버들처럼 바람을 잘 아는 이도 없을 것이다. 봄바람이 일면 맨 먼저 눈을 뜨고, 가을바람이 지나면 당장 입을 오므리고 내려갈 채비를 했다. 그런가 하면 아름다운 여인의 몸매를 지녔다. 유안柳眼·유미柳眉·유요柳腰가 그것이다. 그런가 하면 물결과 꽃을 지녔다. 바람 속에 흐느적거리고 바람 속에 눈꽃을 날렸다.

물가에 서서 왕성한 생명을 자랑하면서도 머리를 풀어헤친 상가喪家의 여인을 방불케 했다. 그래서 사람을 만나고 임을 밀회하는 정겨운 곳이나, 버들 꺾어 친구를 전송하는 이별의 다리 옆에 있었다.

버드나무는 시詩의 단골이었다. 늦어도 2500년 전에 쓰인 《시경》에서부터다. 하남河南, 지금의 카이펑開封 동쪽 지방이었던 진陳나라의 시인 〈동문 밖 버드나무〔東門之楊〕〉에서 그곳은 남녀가 데이트하는 곳이었다.

동문 밖 버드나무여!　　　　　　　　　　　東門之楊

울울창창하구나.　　　　　　　　　　　　　其葉牂牂

황혼에 만나기로 약속했건만　　　　　　　昏以爲期

벌써 샛별이 반짝반짝.　　　　　　　　　　明星煌煌

(……)

—〈동문 밖 버드나무〉

　동문 밖 어느 언덕에 침침할 정도로 버들이 아늑하게 우거졌다. 어른들 눈을 피해서 짝짜꿍하기에 안성맞춤인 곳이다. 해가 지면 거기서 남몰래 만나기로 약속했다. 그런데 밤이 깊어 새벽으로 달리는데 그 사람은 뵈지 않는다. 벌써 샛별이 떴는데. 이렇듯 버드나무 침침한 그늘은 줄곧 밀회의 장소였다. 〈동문 밖 버드나무〉에서 적어도 1500년이 훨씬 지났음에도 송나라 문호 구양수는 그의 사詞 〈생사자生査子〉에서 또 한번 실증했다.

지난해 정월 보름에는　　　　　　　　　　去年元夜時

등불놀이로 낮처럼 환했는데.　　　　　　　花市燈如晝

버드나무 끝으로 달이 살짝 뜰 때,　　　　　月到柳梢頭

우리는 그 어스름 저녁에 만났지.　　　　　人約黃昏後

(……)

—〈생사자〉

〈설루춘광원류조泄漏春光怨柳條〉, 섭록야葉綠野, 중국 현대. 봄빛이 버드나무 가지 사이로 비추고, 그 잎은 봄바람에 물결친다. 서로의 얼굴을 마주보며 노래하는 꾀꼬리 두 마리, 그 아래 남녀가 앉아있었다면 분명 사랑에 빠졌으리!

정월 보름이면 임을 불러내어 다리 밟기를 즐길 때. 이들은 등불놀이를 구경했던 것이다. 그토록 휘황한 밤임에도 어스름 저녁을 기다려, 그것도 버들이 우거진 그 언덕 위로 달이 오를 때, 참으로 아늑할 때 사랑했던 것이다. 이렇게 사랑과 버들 그리고 달을 한 실에 꿸 만했다.

사랑하는 사람이 아니더라도 수양버들은 풍류를 불러 모았다. 그 언저리로 시인·묵객은 물론 협객·주광酒狂이 끓었다. 성당盛唐의 시인 왕유는 〈소년행少年行〉에서 백마 타고 호기를 부리던 협객을 그렸는데, 그 불을 지피던 곳이 다름 아닌 수양버들이 높은 누각이었다.

신풍땅 명주 수천 말을 마시며　　　　　　　新豊美酒斗十千

함양땅 젊은이들 유협을 즐겼네.　　　　　　咸陽游俠多少年

높은 누각 수양버들에 말을 매고　　　　　　相逢意氣爲君飮

마셔라! 우리 의기가 투합한 친구끼리.　　　系馬高樓垂柳邊

—〈소년행〉

얼씨구 백마를 타고 곤드레 만취한 협객이 높은 다락 파아란 버들숲을 어슬렁거리며 들어가는 그 호탕한 뒷모습이 보이는 듯하다.

그런데 사람을 보내고 사람과 이별하는 그 자리에도 버들은 파란 파도인양 너울거렸다. 버들가지를 꺾어 친구를 주면서 어서 돌아오길 비는 소위 '절류증별折柳贈別'의 장면이다. 당나라 그때는 그것이 이별 의식이었던 모양이다. 왕유의 〈원이를 안서에 보내면서〉(53쪽 참조)■이나 만당의 시인 나은의 〈버들〉 등이 그러했다.

왕유의 시에서는 버들을 꺾어주는 장면 대신, 먼 길을 떠나는 친구에게 별주를 권한다. 망망한 모래 바다로 외로운 배를 띄워 보내는 마음, 때마침 내린 새벽 비에 막 돋아난 버들이 한결 푸르렀다. 주막집 사립문 밖의 버들은 정녕 슬픔을 머금은 애처로운 노랫가락이었다.

파교瀟橋에 날이 개자 전별도 잦아,	瀟岸晴來送別頻
버들가지 하늘하늘 헤어지기 아쉬워	相偎相依不胜春
휠휠 버들가지 정처 없는 듯	自家飛絮猶無定
어찌 알랴! 버들이 길손을 만류하는 뜻을.	爭解垂絲絆路人

—〈버들〉

장안성 동쪽으로 파수瀟水가 흐르고 그 위에 놓인 파교, 사람들은 거기서 빠이빠이 한다. 그곳에도 수양버들, 때마침 무르익은 봄볕에 버들가지가 너울거린다. 그 하늘거림이 아쉬움의 몸짓으로 풀이된다. 하필이면 버들일까? 버들을 꺾어주거나 호드기(버드나무 가지로 만든 피리)를 부는 까닭 말이다. 버들 류柳는 머물 류留자와 동음인데다, 버들의 성장이 빠르다는 물성을 빌린 것이다. 버들을 주는 것은 만류의 뜻

■ 위성땅 아침 비가 먼지를 적실 때, 渭城朝雨浥輕塵 / 주막집은 푸르른데 버들잎 새로워. 客舍靑靑柳色新 / 한잔 더 하게나 그대여! 勸君更進一杯酒 / 서로 양관을 나서면 친구 하나 없을 걸. 西出陽關無故人 //

이요, 동시에 버들이 일찍 피고 일찍 시들 듯 얼른 돌아오라고. 그것
말고도 버들가지의 생명력을 닮아, 어디서나 흐느적거리고 잘 자라고
잘 살라고.

그래서 중국에는 운하가 많고 운하를 따라 수백 리 버들이 흔하다.
안개처럼 연기처럼 자욱한 그 속에 긴긴 애환이 담겨있다. 3000년의
시사詩史, 그 나이와 함께 버들이 우뚝 서있다.

이 몸도 시인일 수 있을까

비

중국시의 단골은 풍風, 우雨, 화花, 월月임이 틀림없다. 그중 비는 주머니 속의 알밤이었다. 비는 쓰기에 따라 달랐다. 생명이요 그리움, 축복, 풍요, 기쁨인가 하면, 죽음이요 슬픔, 이별, 파괴, 눈물이었다. 보슬보슬 봄비는 봄비대로 좋았고, 추적추적 가을비는 가을비대로 좋았다. 그래선지 비 우雨자로 제목을 삼은 명시만도 수백 편이다.

비극적인 우국시인 두보조차도 보슬비에 꽃 벙그는 소리, 꽃비 내리는 성도成都의 밤을 좋아했다. 760년, 그가 마흔아홉 되던 해, 성도의 피난처에서 모처럼 초당을 짓고, 그로부터 5년 동안 표박漂泊 속의 안정을 누렸다. 〈봄밤에 단비가〔春夜喜雨〕〉에 그 일단이 읽힌다.

꽃비가 철을 알고　　　　　　　好雨知時節
철 맞추어 보슬보슬 내린다.　　當春乃發生
바람따라 살며시 밤을 적시고　隨風潛入夜

〈풍우산수도風雨山水圖〉, 여
문영呂文英, 명. 봄 부르는
비라 좋으련만, 어스름 저
녁 선착장에 묶인 나룻배
만 철커덩거리는 정경은
쓸쓸하기만 하다. 고향 갈
노잣돈 없어 벽촌에 머물
러야 했던 위응물의 품으
로 비바람은 얼마나 차갑
게 들이닥쳤을까.

초목 불려 시나브로 소리 죽인다.　　　　　潤物細無聲

들길에는 구름이랑 어둠을 깔고　　　　　野徑雲俱黑

거룻배에 등잔불 혼자 깜빡인다.　　　　　江船火燭明

새벽을 밝히는 축축한 꽃잎들,　　　　　曉看紅濕處

물방울 함초롬한 꽃마을, 성도여!　　　　花重金官城

—〈봄밤에 단비가〉

참으로 아름답다. 철따라 꽃비가 내렸다. 밤에 살며시 와서 초목들을 소리 없이 키우고, 비가 오느라 들길은 어두컴컴하지만 거룻배에 포근하게 깜빡이는 등잔불과 대조를 이룬다. 그러나 활짝 핀 꽃잎에 함초롬한 빗물, 그래서 꽃송이는 굴절해서 더욱 붉어지고 이윽고 무거워서 고개를 숙인다. 오, 성도는 온통 꽃마을이어라.

두보보다 젊었던 위응물(韋應物, 737~792)▪ 또한 봄의 우경雨景을 그렸다. 785년, 그가 마흔아홉 살, 저주자사滁州刺史를 그만두고 잠시 서간西澗에 살 때 쓴 작품.

파릇파릇 냇가에 뾰족한 야생초,　　　　獨憐幽草澗邊生

깊숙한 나무 위 노리끼리 꾀꼬리.　　　　上有黃鸝深樹鳴

밀물에 비가 뿌리는 어스름 저녁,　　　　春潮帶雨晚來急

▪ 당나라 시인. 전원산림田園山林의 고요한 정취를 소재로 한 작품을 많이 썼으며, 왕유, 맹호연, 유종원 등과 함께 '왕맹위유王孟韋柳'로 불렸다.

나루터엔 사람 없이 배만 혼자 철커덩.　　　　野渡無人舟自横

—〈저주의 서간에서〔滁州刺史〕〉

　　두보의 그것과 공간이 다를 뿐 작품을 썼던 나이와 철이 같다. 하나가 꽃비 내리는 우아미라면 하나는 꽃비 속의 처량미다. 파란 야생초가 돋고 노란 꾀꼬리가 우는 철인데, 밀물에 봄비. 때마침 어스름 저녁인데 나루터엔 나룻배 혼자 선착장에 묶인 채 철커덩거리는 정경, 불현듯 눈물겹도록 고독해진다. 그는 785년, 저주자사의 감투를 뺏기고 그의 고향인 장안으로 돌아갈 노자도 모자랐다. 하는 수 없이 서간이라는 갯마을에 기거했다. 그 정황은 이른 봄 나루터, 박모薄暮와 함께 밀려오는 썰물 앞에 철커덩거리는 빈 배와 같았을 것이다.

　　비의 형상만을 그린 시는 좀처럼 보이지 않는다. 송나라 때 뤄양의 시인 진여의(陣與義, 1090~1138)▪의 〈비를 보며〔觀雨〕〉 또한 항금抗金의 울분을 쏟았지만 소나기의 형상을 장엄하게 그렸다.

산영감 비실비실, 농사는 그만두었지만　　　　山客龍鐘不解耕

마루에 정좌하곤 날씨를 살핀다.　　　　　　開軒危坐看陰晴

앞 강물 김과 뒷산 구름이 뭉게뭉게터니　　　前江後嶺通雲氣

만학천림에서 쏴쏴 소나기 소리.　　　　　　萬壑千林送雨聲

▪ 송나라 시인. 초기에는 시의 기교를 중시한 강서시파江西詩派에 속했으나, 남송 초에 영남으로 피난 온 뒤 비장한 시풍을 띄게 되었다.

바다가 댓가지를 누르자 요동을 치고   海壓竹枝低復擧

바람이 산자락에 닿자 어둑타 밝아진다.   風吹山角晦還明

집이 새어 잘 곳 없으면 어떠랴!   不嫌屋漏無乾處

바야흐로 용 떼가 갑옷. 투구를 씻을 때라!   正要群龍洗甲兵

―〈비를 보며〉

금병金兵의 남침으로, 호남湖南의 소양邵陽까지 피란, 정모산貞牟山 속에 기거하던 1130년에 쓴 작품이다. 두보를 흠모하여 두보의 우국시를 본 뜬 〈비를 보며〉에는 진여의가 금군을 섬멸하겠다는 설한도 사무치지만, 무엇보다 비의 형성 과정과 소나기의 성세가 핍진하다. 앞 강물과 뒷산의 상호 연계와 그 결과, 빗물을 바다로 보고 구름을 바람으로 보는 상상과 비약이 새롭다.

그러나 비가 화자의 무대나 상징물로 등장할 때 효과는 훨씬 무한대하다. 바로 필자가 애송하는 절구 두 편, 만당晩唐의 유미시인 이상은의 〈밤비 들으며〔夜雨寄北〕〉와 남송의 애국시인 육유의 〈가랑비에 검문을〔劍門道中遇微雨〕〉이 모두 그렇다.

그대는 나더러 언제 오느냐 묻지만   君問歸期未有期

파산엔 가을비 추적추적 밤 못을 불리네.   巴山夜雨漲秋池

어느 날 그대와 서창에 앉아 심지 돋우며   何當共剪西窓燭

오늘 밤 파산의 밤비 듣던 얘기 다시 하리오?   却話巴山夜雨時

　　—〈밤비 들으며〉

옷자락엔 먼지와 술 자국 질펀한데　　　　　　衣上征塵雜酒痕

떠도는 곳곳마다 넋을 사르거늘.　　　　　　遠游無處不消魂

가랑비에 노새 타고 검문을 들 제.　　　　　　細雨騎驢入劍門

이 몸도 시인일 수 있을까?　　　　　　　　此身合是詩人未

　　—〈가랑비에 검문을〉

이 몸도 시인일 수 있을까?

이상은이 말년, 천애를 떠돌다가 촉지蜀地에서 지방관을 살 때, 때마침 가을비 추적추적 연못을 불리거늘, 문득 북방 하내河內에 있는 아내가 그리워 지은 시다. 언젠가 귀향해서 아내와 긴긴 밤 이야기할 때, 이 밤 빗소리 들으며 잠 못 이루었던 일 말하리라고.

육유는 그 나이 48세인 1172년, 한중漢中에서 성도로 부임하던 길이었다. 일찍이 이백이 "하늘 오르기보다 어려운 촉도 길"이라 말한 검문劍門을 넘는데, 그 멀고 험한 길을, 무관답지 않게 조그만 노새에 몸을 싣고 쿨렁거릴 때, 천하의 관문에는 궂은비가 내리고 있었다. 그 순간 무관이라기보다 시인이 되고 팠던 것, 감동적인 장면이다. 그래서 비는 아내를 그리는 마음이요, 비는 시인이 되고픈 마음이었던 거다.

황학은 날아가고 흰 구름만 뭉게뭉게 한
누각

산천경개가 빼어난 곳이면 으레 다락집이 있다. 호젓한 물굽이나 활짝
트인 언덕, 천군만마가 달리는 산맥이나 만경창파가 밀려오는 해변이
면 더욱 좋았다. 그것들은 형제 같았다. 작고 단아한 오두막이면 정자
亭子요, 크고 활연豁然한 고대광실高臺廣室이면 누각樓閣이었다.

그곳은 우주와 자연을 한눈에 수용하는 전망대요, 무한을 즐기면서
호연지기浩然之氣를 기르는 도장이요, 사람을 만나거나 보내고 고향을
떠나거나 돌아가는 자연 속의 주막집이다. 초당初唐 때, 웅혼한 변새시
를 써서 황허의 시인으로 일컫는 왕지환의 〈관작루에 올라〔登觀雀樓〕〉
가 당대 절구 중 압권으로 읽히고 있다.

태양은 서산에 걸렸고,　　　　　　　　　　　　白日依山盡

황허는 출렁출렁 바다로 간다.　　　　　　　黃河入海流

천 리나 먼 길을 보려면,　　　　　　　　　　欲窮千里目

올라라! 다시 다락 한 층계를.   更上一層樓

—〈관작루에 올라〉

관작루가 위치한 산시성 포현蒲縣 서남쪽 황허 강변은, 칭하이青海에서 발원한 황허가 몽골 쪽으로 북상했다가 후아산華山이 있는 중원 땅으로 일사천리 남하한 다음 다시 황해가 있는 동쪽으로 방향을 바꾼 지점이다. 따라서 황해가 발원해서 4000킬로미터를 꿈틀거리다가 모처럼 평원을 만난만큼, 호연지기는 물론 중화천하의 중추 사상을 불러일으켰다.

그렇다면 관작루는 중국이란 광막한 공간에 뚫린 눈이요, 기공이다. 그 바람을 쐬러 한걸음이라도 높이 올라야 한다. 영원한 공간에 생명이 있고 기상이 있다.

성당盛唐 때 풍자시인이었던 고황(顧況, 725?~814?)[*]은 일찍이 관가에 나갔다 끝내 권세를 비웃으면서 모산茅山에 은거했다. 그러한 일생을 뒤돌아보면서 강변 다락에 올랐다. 올라서 아득한 강물을 본다. 그때 멀리서 돛배 하나, 문득 고향이 그립다.

꽃 피고 새 울고 버들 자욱할 때,   鳥啼花發柳含煙

흐르는 풍광에 소년 시절 따라온다.   擲却風光憶少年

[*] 당나라 시인. 가시歌詩와 서화書畵에 능했고 해학에 뛰어났으나, 남을 모욕 주기 잘해 좌천되기도 했다. 저서에 《화양집華陽集》이 있다.

다시 높은 다락에 올라 강물 굽어보면,　　　　更上高樓望江水

고향은 어드메뇨? 돌아가는 돛배.　　　　　　故鄕何處一歸船

　—〈높은 다락에 올라 강물 굽어보면〔登樓望水〕〉

왕지환과 고황이 강루에 섰지만 하나는 초롱초롱 눈망울이요, 하나는 치렁치렁한 눈빛. 중당中唐 때 불운했던 관료시인 유우석(劉禹錫, 772~842)**. 그 또한 강변 다락에 올랐다. 그는 유배지 쑤저우에서 저 멀리 양쯔 강으로 흘러가는 쑤저우 강을 굽어보았다.

강물 위로 열두 사닥다리　　　　　　　　　　江上樓高十二梯

사닥다리 오를수록 구름과 나란히.　　　　　　梯梯登遍與雲齊

저 포구로 해마다 사람은 오가지만,　　　　　　人從別浦經年去

하늘은 나직이 저 늪에 내려앉았다.　　　　　　天向平蕪盡處低

　—〈누각에서〔樓上〕〉

수직적인 다락과 수평적인 늪. 그 속에 오락가락하는 사람과 영원 불변한 자연을 대조시키고 있다. 사람은 다락을 올라 관조하지만 시인은 사람과 자연 그 모두를 관조하고 있다.

** 당나라 시인. 과거에 급제하여 회남절도사淮南節度使 두우杜佑의 막료가 되는 등 중앙과 지방의 관직을 역임했다. 농민의 생활 감정을 노래한 《죽지사竹枝詞》를 펴냈으며, 시문집으로 《유몽득문집劉夢得文集》(30권), 《외집外集》(10권)이 있다.

〈강범누각도江帆樓閣圖〉, 이사훈李思訓, 당. 광활한 광물 위에 범선이 떠있고, 울창한 수목 한 가운데 누각이 있다. 우주와 자연을 한눈에 수용하는 전망대이자, 무한을 즐기면서 호연지기를 기르는 이 도장에 한 선비가 앉아있다. 그를 만나러 가는지, 언덕길에는 누각으로 향하는, 말 탄 귀족과 시종이 있다.

만당晚唐 때 유미시인 두목(杜牧, 803~852)[*] 또한 강루에 올랐다. 질펀한 서정으로 양저우의 청루에 노닐었던 시인인 만큼 술을 떠날 수 없었다. 봄 술에 취해 강루 난간에 몽롱하게 서있을 때 소스라친다. 기러기 한 떼를 만나 기러기 떼가 강 구름을 끼룩끼룩 횡단하고 지나가는 그 약동적인 이미지가 절묘한 충격으로 다가온다. 시인 또한 어쩔 수 없는 과객임을 소스라치게 확인한다.

혼자 봄 술을 홀짝거리다가   獨酌芳春酒

반취한 채 다락에 올랐네.   登樓已半醺

놀라워라! 기러기 일렬횡대가   誰驚一行雁

강 구름을 뚫고 횡단 중일세.   沖斷過江雲

　　―〈강루江樓〉

이 시만큼 동적인 시가 있다. 북송北宋 때 당송 팔대가[**]의 하나였던 증공(曾鞏, 1019~1083)[***]의 〈서루書樓〉다. 이 시는 〈강루〉보다 크고 암담하다. 온 누각이 바람이요, 그 소리만큼 춥고 스산하다. 끝내 누각

[*] 당나라 시인. 산문과 시에 더 뛰어났으며, 근체시近體詩 특히 칠언절구七言絕句를 잘했다. 주요 작품으로 〈아방궁의 부〉, 〈강남춘江南春〉 등이 있다.
[**] 중국 당나라와 송나라 때의 여덟 명의 뛰어난 문장가. 당의 한유·유종원, 송의 구양수·왕안석·증공·소순·소식·소철을 이른다.
[***] 송나라 학자. 문장에서 주로 의론議論을 펼쳤으며, 객관적인 서술에 뛰어났다. 주요 저서로 고금의 전각篆刻을 모은 《금석록金石錄》과 시문집 《원풍유고元豊遺藁》가 있다.

은 만학천봉萬壑千峰의 빗소릴 관조하는 고즈넉한 안방이 된 것이다.

구름장 같은 파도, 갔다가 밀려오고　　　　海浪如雲去却回

북풍은 불어 불어 천둥을 울린다.　　　　　北風吹起數聲雷

화려한 누각, 사방의 주렴을 올리고,　　　　朱樓四面鉤疏箔

누워 천산의 소낙비를 보고 있다.　　　　　臥看千山急雨來

　　―〈서루〉

여기서 산루山樓도 보았고 강루도 보았다. 누외樓外의 정경情景도 보았다. 그러나 누각 자체를 그린 시 가운데 성당 때 변새시인이었던 최호(崔顥, 704?~754)의 〈황학루黃鶴樓〉만큼 보편적이고 상징적일 수 없다. 누각시의 전형으로 불릴 만했다.

옛날 신선이 황학을 타고 떠난 뒤　　　　昔人已乘黃鶴去

여기엔 하염없이 황학루만 남기고.　　　　此地空餘黃鶴樓

황학이 푸드덕거린 뒤 돌아오지 않고　　　黃鶴一去不復返

천 년이 가도 흰 구름만 뭉게뭉게.　　　　白雲千載空悠悠

(……)

　　―〈황학루〉

중국 3대 누각의 하나로 불리는 황학루의 시야는 지금도 첫손으로

꼽힌다. 황학의 신화가 아니어도 무창武昌의 황곡기(黃鵠磯, 무창의 사산
蛇山 및 창장 강長江 인근을 부르던 명칭) 위에 훨훨 날아갈 듯 추녀를 세운
황학루는, 그 발아래로 곤곤한 창장 강에 역력한 한양숲과 금수錦繡의
앵무주를 굽어보고 있다. 해 저문 강둑에 안개 자욱한 다락의 뜨락은
향수로 범벅, 천 년 전 자취를 감춘 황학의 귀환을 기다리고 있듯 구름
만 너울거린다. 그래서 누각은 늘 비어있다.

온종일 산만 보고 사느라 만고의 흥망도 몰라
두메

살다가 지치거나, 세상이 뇌꼴스러우면 그들과 눈을 부라리며 악다구
니를 부리기보다 훌쩍 떠나고 싶다. 어디 무릉도원이 있다면 얼른 그
곳으로 봇짐을 싸련만. 예부터 손쉽게 숨을 곳은 산이었다. 저토록 첩
첩한 만학천봉 어느 구석인들 이 한 몸 오척단구五尺短軀를 숨기기에
어렵지 않았다. 그러나 다만 산을 그리려는 것은 아니다. 산속에서의
생활을 그리고 싶다.

　당나라 때 산수은일山水隱逸과 유배의 표박漂泊을 잘 그렸던 전원시
인 유장경(劉長卿 725?~791?)＊은 〈은사의 집을 찾아〔尋張逸人山居〕〉에서,
장일인이라는 은사의 거소를 찾으며 그곳의 환경을 이렇게 그렸다.

＊ 중국 당나라 때의 시인, 오언시五言詩에 능하여 '오언장성五言長城'이라는 칭호를 얻었다. 성품이
강직해 자주 권력자의 뜻을 거스르는 언동을 했다. 주요 작품에는 《유수주시집劉隨州詩集》, 《외집外
集》 등이 있다.

송곳바위 사이로 겨우 오솔길,　　　　　危石才通鳥道

빈 산 한구석에 또 집 몇 채.　　　　　空山更有人家

저 깊은 곳에 은사가 살겠지,　　　　　桃源定在深席

시냇물에 둘둘 떨어진 꽃잎.　　　　　澗水浮來落花

　—〈은사의 집을 찾아〉

도연명의 〈도화원기桃花源記〉*를 방불케 한다. 사람이 끊긴 곳에 또 인가 몇 채, 어디서 둥둥 낙화가 떠내려 온다.

거기 작은 두메에서 은사의 생활은 어떨까? 중당中唐 때 소실산少室山에 은거했던 시인 노동(盧仝, ?~835)**의 〈산중山中〉은 상당히 구체적이다.

주리면 송홧가루 줍고 목마르면 샘물 마시며,　　饑拾松花渴飲泉

이 산 응달부터 이 산 양달까지.　　　　　　偶從山後到山前

양지 바른 풀 잔디는 두툼한 베 같거늘　　　陽坡軟草厚如織

나른하면 노루나 사슴이랑 뒹굴뒹굴 잠을 자지. 困與鹿麑相伴眠

　—〈산중〉

〈산장고일도山莊高逸圖〉, 이
재李在, 명. 손에 닿을 듯
가깝게 그려진 산으로, 바
위와 둔덕으로 이루어진
길이 나있다. 밥 짓느라 부
산한 아낙과, 시종을 데리
고 길을 나서는 나그네가
있는 두메산골. 현실과 저
만치 떨어져 노루·사슴과
뒹굴뒹굴 잠을 자는 은사
가 문득 나와 반길 듯하다.

은자의 꿈이요, 은자의 생활이다. 먹고 마시며 잠을 자는 어쩔 수 없는 짐승이면서도 자연과의 아무런 간격을 두지 않았다. 물론 고기 냄새가 없다.

이름도 연대도 확실하지 않은 태상은자太上隱者라는 당나라 은일인의 〈답장〔答人〕〉은 은사隱詞의 극치를 보였다.

어쩌다가 소나무 아래로 왔다가,	偶來松樹下
높이 돌을 베고 흥건히 잠들면.	高枕石頭眠
산중에는 달력이 없기로	山中無曆日
추위가 다해도 해 가는 줄 모르네.	寒盡不知年
—〈답장〉	

자연 속에 자연으로 살면서 시간의 셈을 모른 채 알몸 그대로 사는 순수 무구한 짐승이다. 추위가 절정에 이르면 한 해의 차서次序가 끝이 나련가 할 뿐, 언제 끝날지 모른다. 그것은 달력이 없어서라고 말한다. 정지용의 〈인동차〉, 그 마지막 연의 "산중山中에 책력冊曆도 없이 / 삼동三冬이 하이얗다."는 바로 〈답장〉의 환골인 것이다.

산중의 은자생활을 다룬 작품에서는 더욱 현실적인 시편도 없지 않다. 송나라 때 양만리(楊萬里, 1127~1206), 범성대范成大, 우구尤袤 등과 함께 우수한 전원시인으로 알려진 소덕조蕭德藻의 〈나무꾼〔樵夫〕〉이 있다. 옛날 은자를 초부나 어옹漁翁으로 대체했다. 그럼에도 여기 〈나무꾼〉은 가난하고 한미한 그 생활을 사실적으로 그렸다.

땔나무 한 지게, 강나루 건너면	一擔乾柴古渡頭
하루 벌이로 이만하면 넉넉하게.	盤纏一日頗優悠
돌아와 시냇물에 칼 갈고 도끼 갈아,	歸來磵底磨刀斧
온 식구가 또 내일 일 채비하네.	又作全家明日謀
―〈나무꾼〉	

정말 나무꾼의 하루 일과다. 땔나무 한 지게 짊어지고 와서 팔면 하루벌이로는 넉넉한 수입이다. 그리고 다시 내일을 위해 칼 갈고 도끼 가는 나무꾼, 그 사람은 그렇게 꼬물거리면서 어느덧 땅거미가 내리면 산은 또 한번 적막 속에 무겁다.

예나 지금이나 은자는 산으로 모인다. 산에서 목숨을 자진하는 것이 아니라, 산에서 산을 보며 사는 것이다. 산만 보는 것이 아니라 산 밖의 흥망성쇠를 듣고 본다. 현실과 등을 지고 있는 것이 아니라 현실과 저만치 떨어져있는 것이다. 말하자면 산에서 관조하고 있다.

당말唐末 오대五代 때, 뤄양의 시인 이구령李九齡은 짧은 절구, 〈산에서 살며〔山舍偶題〕〉에서 그 자세를 진솔하게 말했다.

■ 남송의 시인. 성실한 학자로, 남송 4대가 중 한 사람으로 꼽힌다. 속어를 섞어 시를 쓰기도 했으며, 경쾌한 필치와 기발한 발상을 자랑한다. 4000여 편의 작품을 남겼다.

사립문은 겨우살이에 가린 채 오솔길은 깊어라. 門掩松蘿一徑深

명아주 주렁(지팡이) 들고 앞산을 나섰네.　　　偶携藜杖出前林

누가 알랴! 온종일 산만 보고 앉은 사람을,　誰知盡日看山坐

만고의 흥망 또한 마음먹기 달렸어라!　　　萬古興亡總在心

—〈산에서 살며〉

　참으로 담담하다. 사립문 닫힌 채 세월만 갔기로 겨우살이가 덥수룩했다. 어쩌다가 명아주 주렁을 짚으며 나들이하지만 온종일 보느니 산이요, 산 밖에 세상사 흥망성쇠가 제아무리 통탕거릴지라도 산 안에 사는 사람, 주먹만 한 가슴은 그저 담담할 뿐이다. 산 밖에 나서는 사람과 산 안에 들어앉은 사람 사이에는 서로 크기와 바탕이 다르다. 은자는 깊이 묻혀있어도 난초라고 은인자중했다.

　원나라 때 전선(錢選, 1234?~1300)**의 〈산거도 두루마리〔山居圖卷〕〉에는 은자의 자존이 상큼하게 드러나있다.

두메 사는 일은 오직 정적 누리기,　　山居惟愛靜

한낮에도 꽁꽁 사립을 닫고.　　　　白日掩柴門

사귐을 멀리하면 사람들이 꺼리고　　寡合人多忌

벼슬을 마다하면 도가 높아지리.　　無求道自尊

■■ 원나라 화가. 사실적이고 중후한 채색의 아름다움이 특징이었으며, 특히 화훼의 절지화折枝畵에 뛰어났다.

메추리와 붕새, 저마다 대소가 다르지만, 　　鷃鵬俱有意

난초와 쑥풀, 그 뿌리가 다른 법이라. 　　蘭艾不同根

어떻게 몽蒙땅의 장자를 만나 　　　　　　安得蒙莊叟

속속들이 세상 만물 이야기하랴! 　　　　相逢與細論

　―〈산거도 두루마리〉

　원나라 시인이요, 화가인 전선은 조맹부(趙孟頫, 원나라 서예가 겸 화가)와 함께 '팔준八駿'■으로 불리던 재사였지만, 세상과 아구가 맞지 않아 결국 산거 생활, 오직 시와 그림으로 마감하였으니 〈산거도 두루마리〉 그대로였다. 이렁저렁 세상 등지고 산에 살지만 뽀로통 부어올라 있다. 붕새가 아닌 메추리라고 생각이 없는 게 아니고, 골짜기에 묻히기는 마찬가지지만 쑥풀이 아니라 난초라고 뽐을 내고 있다. 그리고 저 옛날 표연하게 살다간 장자를 만나야 속풀이 할 수 있겠노라 생각했다.

여름 夏

오리와 갈매기는 호수에 모이다 흩어지고,
물고기와 자라는 기와 그림자 속에
뜨다가 자맥질하네.
맑은 경내서 삼복더위를 잊은 채,
병든 몸에는 오직 등나무 걸상 한 짝.

꽃은 져도 산은 늘 그곳에
산과 인간

눈을 뜨면 보이는 것이 산이다. 하늘을 날면서 우리나라 강산을 굽어보면 눈 닿는 곳마다 산이다. 그토록 자나 깨나 산을 보고 사는 것은 한국 사람들이 타고난 복이다.

그래서인지 글을 쓰는 사람에게나, 그림 그리는 사람 모두에게, 산은 첫손을 꼽는 소재다. 어머니 품에서 물고 빨고 더듬는 어린아이처럼 여러 시각에서 산을 그렸다. 멀리서 산을 통째 관조하는 시인에게 잡힌 정체는 어떤 것일까? 역시 시성 두보의 〈태산 우러러보기〔望嶽〕〉가 먼저 떠오른다. 그 기상과 그 신비가 면면해서다.

태산 그 웅자는 어떨까?	岱宗夫如何
제나라와 노나라 모두 푸른 산더미.	齊魯靑未了
천지의 정기는 여기 빼어났어라.	造化鍾神秀
우주의 음양은 명암을 가르고.	陰陽割昏曉

사무치는 가슴에 층층 구름이 일고   盪胸生曾雲

활짝 눈초리에 새들이 날아들거늘,   決眥入歸鳥

어느 날인가 정상에 오를 때   會當凌絶頂

올망졸망 저 산들을 한눈에 보련만.   一覽衆山小

—〈태산 우러러보기〉

태산을 두고 두보는 천지의 정기와 우주의 음양을 한곳에 모아둔 신비의 상징으로 보았다. 얼마나 우람했던지 층층 구름이 가슴을 스치고, 얼마나 드높았던지 작은 눈초리에 새들이 몰려들었다. 그래서 그 정상에 오르면 작은 산들이 올망졸망할 것을 짐작했다. 산의 장엄한 형상과 지고한 영기靈氣를 찬미했는데, 한낱 유생이던 두보의 머리는 하·은·주 3대 때부터 역대 제왕이 봉선封禪했던 오악五岳의 우두머리라는 그 역사적 존엄에 짓눌렸을지도 모른다.

그 뒤 300년 지나, 송나라 왕안석은 〈종산에 노닐며〉(63쪽 참조)■에서 그러한 권위와 존엄을 말끔히 씻은 채 오직 자연으로만 산을 보았다.

산은 산대로. 물은 물대로 꽃은 꽃대로 본질 그대로 존재할 뿐, 왕안석은 그 자연 사이에서 생존하는 지극히 엄연한 질서를 그렸다. 자

■ 온종일 산만 보건만 산이 싫지 않아, 終日看山不厭山 / 산 하나 사서 산속에 늙겠네. 買山終待老山間 / 산꽃은 모두 져도 산은 옛 산이요. 山花落盡山長在 / 산물은 한갓 흘러도 산은 한가로워. 山水空流山自閒 //

〈봉래선도도蓬來仙島圖〉, 원강袁江, 당. 인간에게 산은 간절히 닿고자 하는 이상향이
었다. 넓은 바다 한가운데 솟은 바위에 자리한 웅장한 궁전과, 높은 절벽, 이곳은 신
선들이 산다는 전설 속의 봉래산이다. 파도가 용솟음치는 수면과 이와 맞닿은 하늘
이 인간은 미치지 못하는 이상향의 세계를 보여준다.

연의 관조, 그 커다란 질서 안에 사람까지 자재自在하는 영원의 상견도
相見圖랄 수 있겠다.

같은 시대 시인으로 왕안석의 과격한 변법에 저항했던 낭만주의 시
인 소식(蘇軾, 1036~1101)▪의 눈에도, 산은 종횡으로 얽힌 고개요 뫼 뿌
리에다, 원근과 고저의 층암절벽이 차곡차곡 쌓여있고, 기상만천氣象萬
千의 봉우리마다 웅혼과 기발이 서려있다. 그러면서 사람은 그 산—곧
루산 산廬山의 진면목을 볼 수 없어 고뇌한다. 그러나 끝내 그 전체를
볼 수 없는 까닭을 찾아냈다. 곧 관조하는 시인, 곧 내가 그 산속에 있
기 때문이리라.

질러 보면 높은 고개요, 곁에서 보면 기봉이라　　　橫看成嶺側成峯

멀리 가까이, 높게 낮게 보기 따라,

산세는 사뭇 달라라.　　　　　　　　　　　　　　遠近高低總不同

루산 산의 참모습은 알 수 없거늘,　　　　　　　　不識廬山眞面目

다만 이 작은 몸이 산속에 붙어있기 때문이어라.　　只緣身在此山中

—〈서림사에서〔題西林寺〕〉

그래, 어디서 보나 산은 장엄뿐이다. 보는 시각에 따라 천태만상이

<hr>

▪ 북송의 시인. 시문서화詩文書畵 등에 훌륭한 작품을 남겼으며 좌담座談을 잘하고 유머를 좋아하
여 많은 문인들이 모여들었다. 당시唐詩가 서정적인 데 반해, 철학적 요소가 짙었고 특히 〈적벽부赤
壁賦〉는 불후의 명작으로 널리 애창된다.

지만 그 전모는 천만에 볼 수 없다. 그것은 주관에 막히고 유한有限에 가려서 우리 시각은 미궁일 뿐이다. 분명한 것은 우리 육안에 보이는 산은 그 절대가 아니다. 영원히 그 일부에 지나지 않는다. 그럼에도 우리는 일부를 전체로 알고, 때로는 미의 찰나를 영겁으로 생각한다. 만학천봉 그 장엄한 총체 속에서도, 문득 우리 따뜻한 피가 흐르는 인간을 생각한다. 그 깨알만 한 시풍을, 송나라의 저항시인인 매요신(梅堯臣, 1002~1060)**의 〈노산을 가며〔魯山山行〕〉에서 찾을 수 있다. 첩첩 깊은 산속의 풍물을 그리다가 갑자기 사람이 그리워 끝내 닭 우는 소리 듣는 것으로 산의 이야기를 접고 있다.

산 그리워 마침 들녘에 서면,	適與野興愜
천산만봉은 높고 또 낮아.	千山高復低
뫼 백 리는 어디서나 용마루 틀고	好峯隨處改
오솔길은 혼자서 숨어버린다.	幽徑獨行迷
서리 내릴 때 곰은 나무를 타고	霜落熊升樹
나무 헐벗을 때 사슴은 냇물을 마신다.	林空鹿飮溪
인가는 어디쯤 있을까?	人家在何許
구름 너머 아스라이 꼬끼오 소리.	雲外一聲鷄

　　―〈노산을 가며〉

■■ 송나라 시인. "시란 대상을 정확하게 잡아서 이것을 세밀하게 서술함에 있다."고 말하며, 고아高雅한 격조와 신선한 발상의 시를 지었다. 저서로 《완릉집宛陵集》, 《손자孫子》 등이 있다.

여기서도 산의 총체적 형상은 웅혼하지만, 철 따라 달라지는 자연의 풍물에 사람 사는 얘기를 들고 나왔다. 결국 산은 산끼리 살되 사람과 아우러져서 이른바 '천인합일天人合一'을 이룬다.

네 편의 시가 각각 소재를 달리했다. 산둥의 태산으로부터 난징南京의 종산, 장시江西의 루산 산, 허난河南의 노산을 망라했다. 하지만 한결같이 장엄한 자연과 미소한 인간, 그 영원한 관계와 냉철한 숙명을 암시했다.

님의 마음처럼 종잡을 길 없는
구름

구름은 있다가도 없고, 없다가도 피어난다. 봄·가을·여름 없이 피어나고 비·눈·바람 속에서도 피어난다. 한가롭게 노닐기도, 부산스레 숨기도 한다. 명주 실오라기나 물고기 비늘로도 둥둥 뜨지만, 까만 가마때기나 잿빛 장막으로 산하를 무겁게 압박하기도 한다. 혼자 가다가 떼를 짓고, 떼를 짓다가 홀연히 사라진다. 그래서 구름을 보면 사람의 속내를 알 것 같다.

구름은 인생의 상징물이기 전에, 다만 구름이었다. 땅에서 오른 김이 하늘에서 맴돌다가, 서로 손을 잡으면 구름인 것이다. 그 물리적 현상을 감각적으로 묘사한 시가 있다. 남조南朝 때 산수시인 오균(吳均, 469~520)의 〈산중잡시山中雜詩〉다.

산턱에선 모락모락 연기   山際見來煙

대숲에선 저녁노을 훔쳐본다.   竹中窺落日

새는 푸드덕 처마 위를 날고   鳥向簷上飛

구름은 살포시 창에서 피어난다.   雲從窓裏出

―〈산중잡시〉

새와 구름은 동적이다. 하나는 돌아오고 하나는 멀어진다. 특히 구름이 창틀에서 피어남은 신선한 발상이다. 얼마나 높기에 구름의 주소를 창으로 보는가?

역시 오균과 같은 시대의 은일시인 도홍경(陶弘景, 456~536)▪은, 구름을, 사랑하는 임이나 조정의 임금께 드릴만큼 청고한 선물이라고 찬미했다.

산중에 무엇이 있노?   山中何所有

고개 위로 흰 구름, 구름.   嶺上多白雲

나 혼자 못내 즐길 뿐,   只可自怡悅

당신께 드릴 수 없음이 아쉬워.   不堪持贈君

―〈산중에서 하소유의 칙문에 시로 화답한다(詔問山中何所有 賦詩以答)〉

'산중의 재상'으로 불리던 도홍경이 산에 은거하면서, 구름의 미를

▪ 남조의 양梁나라 학자. 유·불·도 삼교三敎에 능통해 무제武帝의 신임이 두터웠으며, 국가의 길흉, 정토征討 등 대사大事에 자문 역할을 하여 '산중재상山中宰相'이라 불렸다. 주요 저서로 《진고眞誥》, 《등진은결登眞隱訣》, 《본초경집주本草經集注》 등이 있다.

한껏 즐긴 나머지, 그 뭉게뭉게 구름 한 송이를 통째로 임금께 바치고 싶다는 담박한 심경이 고오(高傲, 세속을 떠나 초연함)하다.

그래, 구름은 보는 것이다. 보아서 즐겁고, 보면서 마음을 씻고, 보면서 위안을 얻는다. 길이 있으면 길을 걷고, 길에서 구름이 피어나면 구름을 본다. 그것은 꽃이 있으면 꽃을 보고 새가 울면 새를 듣는 것과 같다. 곧 무심無心에서 관조, 관조에서 청정淸正으로 가는 역정이다. 당나라 때 선禪시인 왕유는 〈종남산 별장〔終南別業〕〉에서 이 같은 유연한 자연융화를 그렸다. 그때도 구름은 중심 소재였다.

중년에 자못 불도를 좋아하다가,	中歲頗好道
만년엔 남산 변두리에 집을 정했네.	晩家南山睡
흥이 나면 언제나 혼자 거닐거늘,	興來每獨往
이게 쾌사임을 한갓되이 알겠네.	勝事空自知
거닐다가 문득 물 끊긴 곳 만나면	行到水窮處
앉아서 저어기 훨훨 구름을 보네.	坐看雲起時
어쩌다가 두메 영감을 만나선	偶然値林叟
웃고 지껄이다 돌아갈 줄 모르네.	談笑無還期

—〈종남산 별장〉

"거닐다가 문득 물 끊긴 곳 만나면 / 앉아서 저어기 훨훨 구름을 보네."는 길을 걷다가 걷다가 물이 끊긴 수원水源을 만나면, 거기 주저앉

〈산수도山水圖〉, 장서도張瑞圖, 명. 안개와 강물에 뒤섞여 마치 꿈속인 듯 구름이 퍼져나간다. 구름의 변화무쌍한 모습은 우리네 인생을 닮았다. 그래서 시인들은 구름을 보며 즐거워하기도 하고, 마음을 씻기도 했으며, 삶의 무상을 깨닫기도 했다.

아 때마침 저만큼 피어나는 구름을 본다는 지극히 평범하고 유한한 동작이다. 하지만 그 속에 자유자재함과, 자연과의 혼연일체를 암시했다.

그러나 구름을 보는 시각은 양면적으로 발전했다. 하나는 유심唯心적인 소요逍遙 세계로, 하나는 유물唯物적인 생산 세계로 향했다. 그 예로 남송 때 애국시인 육유의 〈버들다리에서 황혼을[柳橋晚眺]〉를 들겠다.

작은 포구엔 물고기 뛰는 소리	小浦閒魚躍
비낀 수풀은 학을 기다리고 있다.	橫林待鶴歸
깃털 구름은 비를 빚지 못한 채	閒雲不成雨
짐짓 청산 곁에서 훨훨 날고 있다.	故傍碧山飛

　—〈버들다리에서 황혼을〉

육유는 어쩔 수 없는 시인이자 정치가다. 물고기가 뛰고 학이 돌아오는 버들다리와, 훨훨 구름이 나부끼는 청산, 그것은 분명 평화롭고 유한한 경개지만, 돌연 오락가락하는 소요일 뿐이라고 넌지시 개탄하고 있다.

만당의 시인 내붕(來鵬, ?~883?)의 〈구름[雲]〉 또한, 구름의 실상을 보다 섬세하고 사실적으로 그리면서도, 구름을 보는 유물적인 시각이 육유보다 비판적이다.

천만 가지 형상이 당장 씻은 듯 사라지고,　　　千形萬象竟還空

산과 물에 숨고 비추다가 흩어지고 모이고,　　　映水藏山片復重

불타는 가뭄에 모들이 말라죽는데,　　　無限早苗枯欲盡

둥둥 하늘에 떠, 뫼 뿌리 짓는다.　　　悠悠閒處作奇峰

―〈구름〉

내붕은 구름의 천변만화와 일체개공(一切皆空, 존재하는 모든 것이 공空이라는 불교 교리), 임산수혼재林山水混在와 이합집산離合集散의 실상을 지적했다. 동시에 모들을 고사시킬 만큼, 기이절묘한 뫼 뿌리 형상을 짓고 있는 그 무관심을 풍자하고 있다.

구름은 실제로 바람에 흩날리는 수증기다. 그럼에도 그 본질, 그 형상이 시의 소재는 물론 철학의 재료가 되어, 때로는 미화되고 때로는 물리적으로 다루어졌다.

늙은 황소가 까마귀랑 돌아오는 곳
농가

불과 2~30년 전까지 우리 생업의 7~8할은 농업이었다. 오뉴월, 모를 심고 김을 매고 무논마다 연둣빛 구름이 일 때, 긴긴 논두렁에 두레가 서면 너울너울하는 깃발에 '농자천하지대본農者天下之大本'이 요동을 쳤다. 그것은 우리의 신명이었다.

비록 땅을 파먹는 일은 땀 흘리고 눈물 삼키는 일이지만, 우리 힘으로 씨를 뿌리고 북돋우어 주렁주렁 열매가 익으면, 그걸 걷는 환희가 있다. 말하자면 주는 고통과 얻는 기쁨, 그걸 숙명으로 알고 살았다. 하늘을 우러러 숙명을 믿는 농민이 아름답거니와, 그들이 사는 농가는 다만 농민이 사는 둥지일 뿐 아니라 그림이었다. 저 산비탈에 엎디어 있는 농가. 그곳은 누구에게나 영원한 고향이었다.

먼저 영원한 고향이 있는 농가로 가보자. 성당盛唐 때 모산茅山에 은거했던 시인 고황(顧況, 725?~814?)의 〈농가를 지나며〔過山農家〕〉는 이러 했다.

널다리에 샘물 소리, 사람 건너고   板橋人渡泉聲

띠 처마에 닭이 울고 해는 높아라.   茅簷日午鷄鳴

차를 끓이느라 자욱한 연기 탓하지 말게,   莫嗔焙茶煙暗

얼씨구, 날이 개면 곡식 널겠네.   却喜晒穀天晴

　　―〈농가를 지나며〉

이제 또 한 장을 펼쳐보겠다. 북송北宋 말엽 시인인 장순민(張舜民, 1034?~1100?)의 〈농촌(村居)〉이다.

물길은 비탈논을, 대는 울타리를 두르고,   水遶陂田竹遶籬

느릅의 돈 잎새는 지고, 무궁화는 듬성듬성. 榆錢落盡槿花稀

저녁노을 황소 등짝은 아무도 눕지 않은 채   夕陽牛背無人臥

차가운 까마귀 데리고 둘씩 돌아온다.   帶得寒鴉兩兩歸

　　―〈농촌〉

농촌·농가, 두 장의 그림은 모두 고즈넉하다. 널다리와 띠 처마, 샘물 소리와 닭 울음. 비탈 논과 울타리, 떨어지는 느릅과 듬성듬성한 무궁화 등이 그렇다. 그 고즈넉한 풍경을 더욱 적막으로 심화하는 것은 자욱한 연기와 저녁노을, 텅 비인 너른 들판 그리고 황소 등짝과 돌아가는 까마귀들이다. 아늑한 정물靜物 배경에 작은 동작動作은 전체 구도를 훨씬 적막하게 만든다. 차라리 그곳에 평화가 잠기는 모양이다.

〈농가〉, 작자미상, 조선. 자연의 이치에 순응하며 살았던 옛 농가의 풍경이다. 물동이를 이고 사립문으로 들어오는 아낙네, 지게를 진 사내, 마당을 훔쳐보는 아이, 장대를 들고 감서리에 나선 꼬마가 보인다. 잔뜩 허리를 굽혀 추수하는 일꾼의 모습에서, 녹록치 않은 삶의 고단이 느껴지지만, 수확의 기쁨 또한 함께하지 않았을까.

그러나 농촌과 농가는 무엇보다 생활의 현장이다. 물론 애환이 있다. 풍성한 곳에 기쁨이 있고 흉황(凶荒)할 때 슬픔이 오게 마련이다.

북송 신종 때 시인 공평중(孔平仲, 1082년 재세)은 〈벼가 익다(禾熟)〉에서, 남송 이종(理宗) 때 매화를 잘 그렸던 시인 송백인(宋伯仁, 1235년 재세)은 〈농가의 낙(村田樂)〉에서 각각 풍년을 즐겼다.

백리 하늬바람에 벼 기장 냄새,	百里西風禾黍香
도랑은 물 떨어지고 마당엔 새 곡식.	鳴泉落竇穀登場
늙은 소는 대강 농사 빚 갚았음인지,	老牛粗了耕耘債
언덕의 풀 씹으며 벌떡 석양에 누웠어라.	齧草坡頭臥夕陽

— 〈벼가 익다〉

벼 타작하는 날은 춘삼월 같아	打稻天如二月天
온 마을 화기애애, 풍년을 기리네.	滿村和氣樂豊年
할아범이 춤을 추듯 곤드라지자,	田翁爛醉身如舞
초립동 둘이서 부축하여 거룻배를 오르네.	兩個兒童策上船

— 〈농가의 낙〉

두 그림에 주연이 있다. 하나는 늙은 황소와, 하나는 곤드레 취해버린 늙은 농부다. 황소는 품팔이가 끝난 줄 알고 벌떡 누워 풀을 뜯어 먹는가 하면, 늙은 농부는 몸을 가누지 못할 만큼 취해서 흐느적거린다. 결국 소년 둘의 부축을 받는 모습이다. 천 년 세월이 흘러도 기쁨은 술잔으로 풀었고, 취하면 진흙처럼 허우적거렸다. 그게 원색이다.

농가의 그늘은 훨씬 짙고 어두웠다. 우선 '전가락田家樂' 보다는 '전가고田家苦'가 많았다. 그냥 '전가田家' 속에도 실제 내용은 기쁨보다 괴로움이 많았다. 북송 때의 중요한 시인인 매요신과 진사도(陳師道, 1053~1102)*가 〈농가〔田家〕〉란 제목으로 쓴 시 또한 그러했다.

남산에 일찍이 콩을 심은 뒤,	南山嘗種豆
부서진 꼬투리(콩깍지), 비바람에 뒹군다.	碎莢落風雨
헛되이 콩대 한 다발 주었지만,	空收一束其
가마솥에 삶을 곡식이 없어라.	無物充煎釜

—〈농가〉

닭이 울 때 일터로 나갔다가	鷄鳴人當行
개가 짖을 때 집으로 돌아와야 마땅함에도.	犬鳴人當歸
가을이라 공사가 급한지라	秋來公事急
나서고 들어앉기, 뜻대로 안 되거늘.	出處不待時
어젯밤 석 자 큰 비에	昨夜三尺雨

■ 송나라 시인. 강서시파를 대표하며 서주교수徐州敎授, 태학박사太學博士 등 고위직을 역임했다. 소식 문하의 여섯 제자인 소문육군자蘇門六君子의 한 사람이며, 대표작으로 《후산집後山集》 14권, 《외집外集》 6권 등이 있다.

부뚜막이 훌랑 내려앉았네.   竈下已生泥

남들은 농가의 낙을 말하지만,   人言田家樂

저 괴로움, 누가 알랴!   爾苦人得知

―〈농가〉

두 편 모두가 흉년에 흉작, 시도 때도 없이 흙을 파고 씨를 뿌리건
만 천재에 인재, 거기다 관가에 뺏기고 부역에 끌려가는 농민의 삶을
다룬다. 어렵사리 땔감으로 콩대를 한 아름 주워왔건만, 삶아서 먹을
곡식은 없다. 또 밤낮없이 밭갈이하다가 모처럼 쉬게 되는 날, 뜬금없
는 소낙비에 부뚜막이 폭삭 주저앉았다. 당시 벼슬아치였던 매요신이
나 진사도는 짐짓 농사를 지었다. 하긴 진사도 역시 가난과 주림 때문
에 목숨을 얼른 내놓아야 했다. 그들은 알고 있었다. 농촌에 사는 일이
결코 그림 속에 사는 일이 아님을.

낙화를 지르 밟다가 버들 아래서 호들갑스레 우는
말

지금도 말을 보면 그걸 지즐타고 한없이 달리고 싶다. 내 마음 깊은 곳에 말을 선망하고 말을 신성시하는 잠재의식이 있는지 모른다. 하기야 우린 잘난 말을 두고 외경스럽게도 천마天馬라 했다. 그것은 한·중의 차이가 없었다. 우리 상고사에서 그 첫 장을 여는 박혁거세나 주몽의 전설이 모두 말과 유관했다. 중국 제일의 경서인 《역경易經》, 그 기초를 여는 팔괘八卦, 그 첫 번째 건乾 괘는 하늘이요, 그 상징 동물이 바로 말이었다. 그로부터 우리 두 나라 문화 속에 말은 하늘이요 태양을, 남성이요 힘을, 부귀요 길상을, 자유요 분방을 상징했다.

우리 역사를 돌이켜 민족의 연원을 말하면 우린 알타이로부터 동진한 기마민족이다. 중국에서도 서북지역을 가면 어디서나 천마를 영물로 삼았고, 황제 무덤 앞 그 어디에나 돌로 깎은 천마가 즐비했다. 지금도 서북지방에서는 말을 타고 장가를 들곤 한다.

중국에서 말은 전쟁과 교통의 도구만은 아니었다. 천자로부터 제후에 이르는 권좌들의 권위요 상징이었다. 일찍이 상고문학의 보고인 《시경》으로부터 말의 위용과 성장은 대단했다. 한량의 수레를 말 네 필이 끄는 '사모四牡'나, 말의 재갈에 물린 여섯 줄의 고삐를 가리키는 '육비六轡' 같은 말이 군데군데 보인다. 사모나 모마(牡馬, 수말)에 대한 형용사는 '비비騑騑', '경경駉駉', '규규駥駥', '업업業業', '혁혁奕奕' 등 한결같이 날쌔고 억세고 장엄하다는 찬미였다. 그 한 편을 보자.

<table>
<tr><td>내 말은 저 날랜 준마,</td><td>我馬維騏</td></tr>
<tr><td>실처럼 부드러운 육비.</td><td>六轡如絲</td></tr>
<tr><td>뛰고 달리며</td><td>載馳載驅</td></tr>
<tr><td>두루두루 민정을 살피세!</td><td>周愛咨謀</td></tr>
</table>

─〈찬란한 꽃〔皇皇者華〕〉, 《시경》, 〈소아편〉

준마 네 필을 몰고, 여섯 줄의 고삐를 한 손에 쥔 신하의 휘황하면서도 늠름한 위풍이 보인다. 여기서는 신하와 백성 사이의 사랑을 찬미했다. 수레의 행렬은 민정을 살피고 민생을 돕는 사랑의 송가였다.

말에게도 명암이 분명했다. 《시경》에 나오는 모마가 대체로 위풍을 지녔지만 명암을 보이기는 마찬가지다. 만당의 천재 요절시인 이하(李賀, 790~816)ᅟ는 단숨에 오언절구의 〈말〔馬〕〉 23편을 남겼는데, 말을 영탄하면서도 인간관계를 풍자했다. 그중에서도 준마의 호방성을 찬미했다.

사막에는 눈 같은 모래,　　　　　　　　大漠沙如雪

연산에는 갈고리 같은 달.　　　　　　　燕山月如鉤

언제 황금 고삐를 휘어잡고,　　　　　　何當金絡腦

이 가을, 더덩실 달려볼까?　　　　　　快走踏淸秋

—〈말〉

　　연산이 있는 고비 사막, 때마침 초승달이 걸릴 즈음, 선풍처럼 달리고 싶다는 등등한 호기다. 이하답다. 명나라 때 은둔시인이었던 왕회(汪淮, 1570년 무렵 재세)의 〈자류마紫騮馬〉의 기상 또한 이하에 질 바 없다.

뉘 집 하얀 얼굴의 도련님이,　　　　　誰家白面郎

보랏빛 절따말*을 타고.　　　　　　　跨下紫騮馬

떨어진 꽃잎을 지르 밟다가,　　　　　跋跋踏落花

버들 아래서 호들갑스레 운다.　　　　驕嘶綠楊下

—〈자류마〉

* 털빛이 붉은 말.

　　얼마나 거드름을 피우고 있는가? 하얀 얼굴의 도련님이 보랏빛 준

■ 당나라 시인. 특출한 재능과 초자연적 제재題材를 애용해 '귀재鬼才'라는 별칭이 붙었다. 주요 작품으로 〈장진주將進酒〉를 비롯해 《안문태수행雁門太守行》, 《소소소蘇小小의 노래》 등이 있다.

〈사마도四馬圖〉, 서비홍徐飛鴻, 중국현대. 중국에서 말은 전쟁과 교통의 도구만이 아니라, 천자에서 제후에 이르는 권자들의 권위이자 상징이었다. 짙고 거칠게 표현된 그림 속 말 역시 호방한 기운을 간직하고 있다.

마를 타고 붉은 꽃을 밟다가 파란 버들 아래서 호들갑을 떨고 있다. 색감의 조화도 조화려니와 그 위풍도 당당, 바람 소리가 난다.

그러나 앞에서 말했듯이 말에게도 어둠이 있다. 피둥피둥 살이 찌거나 늙어빠지면 비운이 겹치고, 어느 날 윤락할 수밖에 없었다. 이하는 그걸 알았다. 한나라 무제武帝가 신선에 환장하여 날마다 황금을 살라 보랏빛 연기 속에 산다지만, 그의 마구간에는 모두 살찐 말. 청천을 오르기란 떡도 먹기 전에 시루를 엎은 격이다.

무제는 신선을 사랑해서,

황금을 살라 보랏빛 연기 속을.

마구간에는 모두 살찐 말,

하늘 오르기란 글러버린 일.

　　—〈말〉

武帝愛神仙

燒金得紫煙

廄中皆肉馬

不解上春天

그러나 살찐 말은 늙은 말처럼 슬프진 않다. 《시경》 맨 앞의 〈주남편周南編〉 〈도꼬마리〔卷耳〕〉▪에서는 벌써 노쇠한 말의 그 비칠거림을 아쉽게 말했다.

저 가파른 언덕을 오르니

陟彼崔嵬

▪ 국화과의 한해살이 풀.

내 말은 비칠비칠.   我馬虺隤

나는 잠시 저 황금 술 단지를 빌려   我姑酌彼金罍

그 지겨운 시름을 잊어볼까?   維以不永懷

　—〈도꼬마리〉

　여기서는 서로 멀리 사는 정인끼리 그리움을 사르지 못하는데, 그 괴로움을 가파른 언덕과 노쇠한 말에 비유했다. 그만큼 말은 사람의 분신이었다.

　더구나 나라를 빼앗긴 늙은 애국시인의 늙은 말임에랴! 송나라 애국시인 육유가 나라를 금나라에 뺏기고 그의 고향 소흥紹興에서 만년을 보내고 있을 때(1206년경), 그 나이 82세. 남송이 북벌을 시작했다는 첩보를 듣고 쓴 〈노마행老馬行〉은 그러한 강개가 물씬했다.

늙은 말 비칠비칠 저녁노을에 섰다.   老馬虺隤依晚照

옛날 유민劉旻*은 말을 삼품대관처럼 섬겼건만.   自計豈堪三品料

백옥의 채찍이나 황금의 고삐는 짐짓 꿈이 되었고,   玉鞭金絡付夢想

지금은 풀꼴이나 콩대를 부질없이 씹고 있네.   瘦稗枯萁空咀嚼

(……)

　—〈노마행〉

* 5호 10국 중 하나인 북한北漢을 세운 신무제神武帝를 가리킴.

116

젊음과 영광은 가고, 노쇠와 허탈 속에 비척이며 옛날 패전의 역사와 그 허무를 되씹고 있다. 그토록 유선流線의 빛이 넘치고, 현란한 힘이 솟구치던 말도, 어느 날 밀어닥친 황혼이면 어쩔 수 없이 소금 수레나 끌고 지그덕지그덕 두메의 자갈길을 건너야 했다.

명나라 때 산수죽석山水竹石으로 명대 제일이었던 시인 겸 화가 왕불(王紱, 1362~1416)은 그의 화제시 〈말[題畵馬]〉에서 그 애환을 절묘하게 그렸다.

만필이나 말 떼 중 오래오래 비인 자리,	萬匹群中久已空
몇 번이나 떨어지는 꽃바람 속에 울었을까?	幾番嘶向落花風
백락伯樂*이 간 뒤, 날 아는 이 아무도 없어,	孫陽去後無知己
저 소금 수레 끌고 자갈길로 굴러 떨어진걸.	淪落鹽車坂道中
—〈말〉	

* 중국 전국시대의 유명한 말 감정가.

그래, 말은 분신이었고 말은 영물이었다. 그래서 사랑했고, 그래서 받들었다. 중국에서는 말고기를 먹지 않았다. 심지어 나라와 겨레의 호신부護身符로도 받들었다. 마을마다 동구 앞에 천마 조각 하나쯤은 덩실 세웠다. 그 늘씬한 허리에 앞다리와 뒷다리가 '한 일一' 자로 쭉— 뻗은 그 유선형을 보면서 땅과 하늘을 보았던 것이다.

창망한 슬픔 속에 나를 찾는
사막

영원이 무엇인지 몰라도 사람들은 한사코 영원을 갈구한다. 그것이 우리 마음 저 깊은 속에 잠기어있는 줄 알면서도, 굳이 형상 속에 그걸 찾으려 발버둥 친다. 말하자면 무애無涯와 무한無限의 얼굴을 보려는 것이다. 그래서 찾는 게 무애의 지평선이나 무한의 창공이다.

중국에는 우리가 갖지 않은 풍물이 있다. 그것이 자랑일 수도 혹일 수도 있다. 바로 중국의 서북지방, 전 국토의 삼분의 일을 훨씬 넘도록 광막한 모래벌판이다. 고비 사막, 타클라마칸 사막 등이 그렇다. 그 속으로 영원을 볼 수 있는 양 웃으면서 달려가지만, 마침내 울면서 돌아왔다.

사막을 그린 시는 그다지 많지 않다. 그만큼 시인들은 아름다운 산수 속에 살기 때문이다. 그럼에도 국토를 확장하기에 혈안이었던 한·당 시대의 시편 속에는 상당하다. 특히 당시唐詩가 그렇다. 그중에도 변새파가 고삐를 잡았다.

당나라 때 대표적인 변새시인 잠삼은 관직 대부분의 세월을 관서關西와 서역西域, 곧 오늘의 간쑤성과 신장 지역에서 풍사와 빙설 속에 보냈다. 잠삼이 두 번째로 안서절도사安西節度使의 서기로 종군하던 천보天寶 13년(754), 그의 나이 마흔 살 때 도륜적圖倫磧, 곧 오늘의 타클라마칸 사막을 이렇게 그렸다.

서쪽으로 서쪽으로 하늘 닿게 달리는	走馬西來欲到天
고향 떠나 어느덧 달이 두 번이나 둥글었네.	辭家見月兩回圓
오늘 밤은 또 어디서 잘까?	今夜不知何處宿
가도 가도 사막길, 사람은 그림자도 없는데.	平沙萬里絶人煙

—〈사막에서〔磧中作〕〉

끝이 없는 사막길을 행군하다 보면, 하늘로 오를듯한 환각에 아무리 휘둘러보아도 사람 사는 연기 한 오래기 뵈지 않는 막막함에, 세월조차 잊게 마련이다.

만당 때 청하淸河의 시인 장빈(張蠙, 901년 재세) 또한 사막을 그리는 〈선우대에 올라〔登單于臺〕〉라는 시에서 사막의 장엄한 형상을 절묘하게 그렸다.

변새에도 봄이 오거늘,	邊兵春盡迴
혼자 선우대에 올랐네.	獨上單于臺

하얀 해는 땅속에서 솟구치고,   白日地中出

누런 강물은 하늘 밖에서 흘러내리네.   黃河天外來

사막에 모래가 일면 그 흔적 바다의 파도 같고   沙翻痕似浪

바람이 모질게 오면 그 소리 하늘의 천둥 같아라.   風急響疑雷

살며시 음산의 관새*로 들어갔으면 하지만,   欲向陰關度

관새는 아직 새벽이라 문을 잠그고 있네.   陰關曉不開

—〈선우대에 올라〉

* 국경에 설치한 관문이나 요새.

　　해가 땅속에서 솟구치고 황하가 하늘 밖으로 흐른다 함으로써, 사막의 무애무한無碍無限을 일컬었다.

　　이러한 무애무한의 배경에서 해와 황하의 대각·대칭 구도는 장엄한 미학인 것이다. 성당盛唐의 시불詩佛 왕유에게서 이는 절정을 이룬다. 왕유가 개원開元 25년(737), 황제의 명령으로 토번 정벌군을 위문차 방문한 양주(涼州, 지금의 무위武威)에서 쓴 〈변새에 사절로〔使至塞上〕〉가 그것이다. 그중에도 제3연이 명품이다.

〈원세조출렵도元世祖出獵圖〉, 유관도劉貫圖, 원. 무애무한한 사막은 싸움터이기도 했고, 삶의 고독과 무상을 깨닫는 장소이기도 했다. 그림은 원세조가 시자들과 함께 만리장성 밖에서 사냥하는 풍경을 담았다. 뒤쪽 모래언덕의 낙타 대상들이 사막의 경관을 강조한다.

끝없는 사막에는 봉수烽燧의 연기가 솟아오르고　　大漠孤煙直

긴 황하에 지는 해가 둥글다.　　　　　　　　　　長河落日圓

　광막한 모래벌판 속에 직선과 원, 출발과 추락, 그리고 시간과 공간이 기하학적으로 구조되었다. 끝내 창망한 슬픔만 안겨줄 뿐이다. 그 경물만 비애를 주지는 않았다. 거기에서 벌어지는 역사가 슬픔만 한 아름 안겨주었다.

　성당 때 유명한 술꾼이요, 시인이었던 왕한이 역시 양주에서 썼던 〈양주의 노래〉(34쪽 참조)■도 절절했다.

　양주에서 생산하는 야광술잔에 포도주, 술꾼에게는 지상의 매혹이련만 출발신호에 어쩔 수 없이 행군을 지속한다. 그러면서도 전쟁의 죄상과 비극을 넌지시 저주하면서, 끝내 전쟁의 와중에 포도주 한잔 마시지 못한 채 떠나는 아쉬움을 남겼다.

　이러한 저주와 아쉬움은 이윽고 회한으로 심화했다. 모두가 모래벌판에서다. 성공적인 무관시인 잠삼은 천보天寶 8년(749), 처음으로 서역전선으로 부임할 때 둔황에서 하미(哈密, 현재 중국 신장웨이우얼 자치구 투루판 분지 동부의 오아시스 도시)로 가는 고비 사막에서 이러한 시를 남겼다.

■ 아름다운 야광술잔에 고운 포도주, 葡萄美酒夜光杯 / 막 마시려 할 제, 비파 소리, 출전을 서둔다. 欲飮琵琶馬上催 / 저 술 마시고 모래밭에 뒹굴어도 웃지 말게나! 醉臥沙場君莫笑 / 고래로 싸움 나간 사내 몇이나 돌아왔었남? 古來征戰幾人回 //

모래 위에서 해가 뜨고   沙上見日出

해가 진다.   沙上見日沒

공명이 무엇이람?   功名是何物

왜 왔을까? 만 리 길을.   悔向万里來

―〈해질 때 고비 사막에서〔日沒賀延磧作〕〉

    그는 가도 가도 끝이 없는 모래벌판에서 해를 맞고 해를 보내면서, 한 많은 세월을 죽이고는 부질없이 벼슬에 연연하고 공명에 눈을 부라렸던 날을 참회하고 있다. 그만치 사막은 무한을 추구하다가 무상을 깨닫는 도장이기도 했다.

비움과 채움은 하나인 것을
절

절이 불자들만의 밀실이 아닌 지 오래다. 믿지 않는 사람에겐 아늑한 풍경이다. 젖은 도시 저편에 있는 숲이다. 절은 안개다. 절은 달빛이다. 절은 소나무의 새벽 냄새다. 절은 뜨거운 사람들의 숨결을 식히는 허파다.

요즘 절들이 도시의 골목까지 왕왕 내려오지만 중국이나 우리나라 옛날의 절은 산속에 있었다. 구름이 잠자고 안개가 피어나는 꽃, 산등성이 돌아가는 뜨락 위로 푸른 솔이 서있는 곳이었다. 그것은 절의 전형典型이었다. 우선 당·송·명나라 시에서 각각 한 편씩 뽑아본다.

향적사, 어디메뇨?	不知香積寺
구름 뫼 뿌리 몇 리 길.	數里入雲峯
가도 가도 고목뿐 샛길도 없는데,	古木無人徑
깊은 산속, 어디서 종소리 울리는가?	深山何處鐘

뾰족한 돌 사이로 목이 멘 물소리,　　　　　泉聲咽危石

차가운 소나무에 쏟아지는 햇살.　　　　　日色冷青松

어스름 저녁, 비인 못, 굽은 자리,　　　　　薄暮空潭曲

좌선하면 저 멀리 물러서는 망념.　　　　安禪制毒龍

— 〈향적사를 지나며〔過香積寺〕〉

절을 에워싼 것은 파아란 산 등걸,　　　　寺牆圍著碧屏顔

일찍이 바다에 용솟음하는 해용산일세.　　曾是當年海湧山

이 산에 좋은 뫼 뿌리는 모두 절에 모였거늘　盡把好峯藏院裡

행여 저 승경(빼어난 경치), 인간 속세에 묻힐까?　不敎幽景落人間

검지*의 풀빛은 겨울을 지샜고　　　　　　劍池草色經冬在

호구虎丘**의 이끼는 예부터 얼룩졌네.　　石座苔花自古斑

더구나 여기는 진나라 때 나의 조상

왕탄지王坦之가 살던 곳,　　　　　　　珍重晋朝吾裡宅

한번 들면 돌아가기 싫어.　　　　　　　一廻來此便忘還

— 〈호구산사에 노닐며〔游虎丘山寺〕〉

* 오나라 임금 합려를 장사지냈다고 전하는 호구의 연못으로, 무덤 안에 천하의 명검 3000자루를 함께 묻어 '검지'라는 이름이 붙었다.
** 쑤저우 시내 서북쪽 가장자리에 자리한 언덕으로, 춘추시대 오나라 임금이었던 합려와 부차夫差 부자夫子의 전설이 전한다. 당나라 시인 백거이가 소주자사 시절에 이곳에서 노닐었으며, 큰 연못도 건설했다.

길은 안개 속으로 올라가고,

돌은 사다리를 쌓는데				路入煙霞石作梯

깊은 숲 나무 향기 옷자락을 적시네.			林深香自襲人衣

새 우는 꽃 너머로 고즈넉한 산사,			鳥啼花外山房靜

바람결에 빠끔히 문이 열리고

스님은 보이지 않네.				風起開門僧未歸

　―〈영암사에서〔靈岩寺〕〉

　왕유의 〈향적사를 지나며〉, 왕우칭(王禹偁, 954~1001)의 〈호구산사에
노닐며〉, 석지서釋志西의 〈영암사에서〉 모두 산사의 풍경을 그렸다. 중
국에 절이 생긴 지 2000년, 긴긴 시간대임에도 절의 자연환경은 산과
구름, 바위와 시내, 꽃과 새, 바람과 스님… 그러한 제재를 벗어나지
못했다. 끝내 일정한 전형인 채로 오늘에 이르렀다.

　다만 그 지역은 서로 달랐다. 향적사가 장안(長安, 지금의 시안)의 남
교, 호구사가 쑤저우의 서북교 호구산, 영암사가 쑤저우 근교 오현吳縣
남쪽 천평산天平山에 각각 위치하고 있다. 그럼에도 거기에 등장하는
제재나 시인의 직관은 거의 비슷했다.

　왕유가 향적사에서 인적 없는 고목의 숲에 초점을 맞추고, 거기서

〈청만소사도晴巒蕭寺圖〉, 전傳이성李成, 북송. 중국이나 우리나라나 절이 산속에 자리한 점은
같았다. 그곳은 단순히 신도만을 위한 공간이 아니라, 세속에 지친 사람들이 몸과 마음을
추스르는 장소였다. 그림 속 높은 누각이 보이는 건물이 바로 사찰이다.

돌 사이를 부딪고 어지럽게 부서지는 물소리를 목이 멘다 함이나, 왕우칭이 호구사에 담아두었던 절생활에 대한 궁지는 같다. 석지서 역시 안개와 바위, 향기와 새 울음으로 절 주변을 그린 뒤, 마지막 구절로 산사의 분위기를 핍진하게 살렸다. 바람이 어디서 퉁탕거리자 빠끔히 열린 사립문 틈으로 절 경내를 엿보는데, 휑한 승방에 스님 한 분도 뵈지 않는다. 그 순간의 포착이 무릎을 치게 한다.

세 편 모두 공적空寂이 함초롬하다. 공적은 그 자체가 아름다움이요, 가르침이다.

다음은 산사가 다만 풍경에 그치지 않고, 그 풍경 자체가 선경禪境이요, 점오漸悟와 돈오頓悟, 곧 수행의 과정을 묘파한 시다.

첫 새벽 옛 절로 들었더니 　　　　　　清晨入古詩

아침 햇살이 높은 수풀에 닿았네. 　　初日照高林

대나무 오솔길은 갈수록 깊고 　　　竹徑通幽處

스님 선방은 꽃 속에 그윽해라. 　　禪房花木深

산빛은 새의 마음을 즐기고 　　　　山光悅鳥性

웅덩이 그림자는 사람 마음을 비우네. 　潭影空人心

세상 소리는 모두 숨을 죽이는데 　　萬籟此俱寂

오직 저— 기 종소리. 　　　　　　　惟聞鐘磬音

—〈파산사의 선방에서〔破山寺後禪院〕〉

한객은 성긴 수풀로 내려가고,　　　　　遲客疏林下

구불텅 시내로 작은 배 지난다.　　　　斜溪小艇通

들 다리 저 위로 절, 그리고 달,　　　　野橋連寺月

높은 죽림 그 품에 다락에서 이는 바람.　高竹半樓風

물이 잔잔할 때 물고기가 물결 뿜고,　　水靜魚吹浪

가지가 비일 때 참새가 내려앉는다.　　枝閒鳥下空

봉우리 몇이서 서로 보며 파래지고,　　數峯相向綠

고을 동녘으로 해 뜨고 해 지고.　　　日夕郡城東

　―〈월중사에서〔越中寺居〕〉

　상건(常建, 개원開元 15년(727)에 진사進士)의 〈파산사의 선방에서〉와 조하(趙嘏, 810?~856?)의 〈월중사에서〉 모두가 선경이다. 선경이라 함은 모든 풍경이 정지된 상태가 아니다. 작은 생명이 절대 자유를 누리는 것이다. 풍요로운 산빛 속에 새가 울고 공적한 웅덩이를 보는 사람이 텅 비어있다. 성긴 수풀에 하필이면 할 일 없는 나그네요, 작은 배는 때마침 굽이굽이 시내를 지난다. 작은 다리와 절, 그리고 달은 한 실에 꿰인 듯 연이었고, 다락에 부는 바람으로 죽림竹林이 흔들린다. 그뿐인가?

　물결이 잔잔하면 붕어 한 마리 뛴다. 그리고 뿜어낸 거품으로 잔물결이 인다. 가지가 비이면 그 자리로 냉큼 참새가 내려앉는다. 고을을 에워싼 산들은 저절로 푸르른 채 서로 바라보고, 해 또한 스스로 뜨고 지고.

두 편 모두 절 안팎의 범상이요 자연이다. 모든 것은 저절로 움직인다. 그러나 하나가 비이면 하나를 채우고, 한쪽이 조용하면 조용한 곳에 움직임이 인다. 그 자연은 곧 깨달음의 형상이다. 때로는 별안간 깨닫는 돈오요, 때로는 멈춘 듯 시나브로 깨닫는 점오다.

그렇다면 절 안팎에는 불경의 법문이 쓰여있다. 다만 마음을 둔 사람에게 읽힐 뿐이다.

나더러 돌아가라지만 너조차 돌아갈 곳 없는
소쩍새

꽃이 지고 신록이 한창일 때, 서울의 강남 한복판 선릉에서조차 초저녁이면 소쩍새가 피를 토했다. 얼마나 슬프기에 서촉西蜀 삼만 리 먼먼 땅에서 아득한 옛날 죽은 망제望帝의 혼이 그 목청, 그 눈물로 환생했다 하랴! 얼마나 슬프기에 또 이름은 그토록 갖가지인고? 소쩍새, 자규子規, 두견杜鵑, 두우杜宇, 불여귀不如歸, 최귀催歸, 귀촉도歸蜀道, 촉조蜀鳥…. 얼마나 슬프기에 세상 시인들이 그 소리에 눈물지지 않은 이 없으랴!

거두절미하고 두보가 770년부터 8년 동안 소쩍새의 고향인 촉나라, 지금의 청두成都에서 표박할 때 쓴 〈두견행杜鵑行〉은 소쩍새 총론이랄 수 있겠다.

그대는 옛날 촉나라 천자가 죽어
소쩍새 된 줄 모르는가?   君不見昔日蜀天子

늙은 까마귀 같은 소쩍새 말이야,　　　　化作杜鵑似老烏

남의 둥지에다 새끼를 낳고 훌쩍 날아간 뒤　　寄巢生子不自啄

뭇 새들이 서로 도와 새끼를 길렀지.　　　　羣鳥至今與哺雛

비록 임금과 신하 사이의 예는 있지만,　　　雖同君臣有舊禮

하 많은 굴욕 가운데 한 몸만 외로운 타관살이.　骨肉滿眼身羈孤

깊은 숲 속에 위태롭게 엎드려 숨고,　　　　業工竄伏深樹裏

사월과 오월만 외곬으로 울부짖는다.　　　　四月五月偏號呼

그 소리 애달파 피를 쏟고,　　　　　　　　其聲哀痛口流血

하소연은 무슨 일로 그리 구구절절한지?　　　所訴何事常區區

그대는 줄곧 꺾였다가 이제야 분노하는가?　　爾豈摧殘始發憤

부끄러이 깃을 단 채 모양새 못난 것을

슬퍼한다.　　　　　　　　　　　　　　　羞帶羽翮傷形愚

저 창천의 변화를 누가 알랴!　　　　　　　蒼天變化誰料得

만사는 엎치락뒤치락 없어지기 마련.　　　　萬事反覆何所無

만사는 엎치락뒤치락 없어지기 마련.　　　　萬事反覆何所無

옛날 궁전에서 군신들의 종종걸음,

그걸 생각하여 무엇 하렴.　　　　　　　　豈憶當殿羣臣趨

—〈두견행〉

《매령백조화보梅嶺百鳥畫譜》 중 〈소쩍새〉, 작자·연대미상. 우리나라 설화에서 소쩍새는 시
어머니의 구박을 받아 굶어 죽은 며느리가 환생한 새로 등장한다. 중국도 크게 다르지 않
아, 죽은 망제의 혼이 되살아났다는 이야기가 전했다.

鵄鵂 ミヽ ヅク

소쩍새의 전생은 망제望帝라 했다. 살아서는 농사에 힘쓰고 치수治水에 공을 세웠던 황제였다. 거기다가 생물학적으로도 이상한 성장 배경이 있었다. 그 어미가 낳되 남의 둥지에 맡기고 어미는 훌쩍 날아간 뒤, 정작 남들 품에서 성장한다는 새. 그래서 천성부터 그 어미를 찾느라 슬픈 새가 되어 밤이면 목이 메어버렸고, 생전의 궁궐 그 영광을 그리느라 깊은 밤을 지새우는 새란 것이다. 그 이야기가 이 한 편에 고스란히 담겨있다.

특히 숲 속에 깊이 숨어서 깜깜한 밤에 울부짖는 분노와 비판, 그렇게 하소연타가 이윽고 모든 영광을 체념해버리는 비극이었다. 소쩍새의 일생을 직접 그릴 뿐 아니라, 타관을 표박하면서 부끄럽게 살아가는 자신이나, 촉나라로 쫓겨온 당나라 조정과 그 안에서 전횡하는 환관들을 간접 서술했다.

그러나 소쩍새를 소재로 한 시의 절대적인 주제는 해원解冤이었다. 먼저 중당中唐의 전원시인 위응물의 〈자규제子規啼〉의 절구 한 편을 들어보겠다.

여름날 높은 수풀 이슬 방울질 때,　　　　　高林滴露夏夜淸
남산에 자규 소쩍소쩍.　　　　　　　　　　南山子規啼一聲
이웃집 청상과부 아이 안고 울거늘,　　　　鄰家嫠婦抱兒泣
나 혼자 뒤척이다 날은 언제 샐까?　　　　　我燭輾轉何時明
　—〈자규제〉

깊은 밤 세 가지 소리가 범벅된다. 소쩍새 울음, 과부 울음, 나의 뒤척이는 신음. 원한의 절정이다. 하—그리 긴긴 밤 먼먼 두메에서 말이다.

이번에는 정치적 탄압 속에서의 한풀이다. 송나라 때 청렴하고 정의로웠던 시인 여정(餘靖, 1000~1064)이 경력 3년(1043), 범중엄(范仲淹, 989~1052)이 신법▪을 주창하다가 구파의 반대에 몰려 유배를 당하자 이에 격분해서 쓴 〈자규子規〉가 있다.

울음 한 번에 봄이 한 발짝 물러서는데	一叫一春殘
소리마다 만고의 원한이 풀려라.	聲聲萬古寃
모락모락 안개 속 밝은 달빛 나무에	疏煙明月樹
보슬보슬 가랑비 꽃잎 지는 마을.	微雨落花村
주룩주룩 흘려서 눈물이 마르고	易墮將干淚
저리저리 슬퍼서 애가 끊긴다.	能傷欲斷魂
부끄럽게 벼슬의 고삐에 묶였기로	名繮慚自束
그대와 함께 고향 그린다.	爲爾憶家園

　　—〈자규〉

여정은 범중엄의 억울함을 소쩍새의 슬픈 울음으로 대신했고, 범중

▪ 범중엄은 손복孫復, 호원胡瑗, 석개石介, 구양석歐陽修 등과 함께, 훈고학과 주소학을 비판하고, 불교와 도교를 배척하는 정학 운동을 벌였다. 이러한 신법은 송대 문신 관료 지배의 확립, 경제 규모에 대한 효율적 운영, 서민적인 신문화 보급 등 이른바 근세 사회에 적합한 방향 설정을 담고 있었다.

엄을 돕지 못하는 무력함을 개탄타가 끝내 그냥 나랑 훌쩍 고향으로 돌아감만 못하다고 다짐한다. '돌아감〔歸〕'은 소쩍새의 별칭인 불여귀, 최귀, 귀촉도 등이 암시하듯 소쩍새의 또 다른 상징적 의미였다.

송宋 휘종徽宗 때 시인 홍염(洪炎, 1170년 무렵 생존)이 금金군의 남침으로 피난 다닐 때 쓴 〈산중에 소쩍새 소리 듣고〔山中聞杜鵑〕〉에는 '최귀'의 의미가 강렬했다.

산중에 이월 소쩍새 울 때,	山中二月聞杜鵑
시끄럽던 꽃들은 모두 지고.	百草爭芳已消歇
녹음 시작일 때 훈풍은 아직 이르거늘,	緣陰初不待薰風
소쩍새 소쩍소쩍 피를 토한다.	啼鳥區區自流血
북창으로 호롱불 옮기면 벌써 삼경,	北窓移燈欲三更
남산 높은 숲에는 구슬픈 울음.	南山高林時一聲
나더러 돌아가라지만 너조차 돌아갈 곳 없거늘,	言歸汝亦無歸處
무슨 일로 자꾸만 내 마음 아프게 하노!	何用多言傷我情

　—〈산중에 소쩍새 소리 듣고〉

고향 생각으로 잠 못 이루는 밤, 소쩍새는 돌아가라지만 돌아갈 수 없는 몸, 그래서 소쩍새를 원망하며 말을 맺지만 한恨은 아련하게 번져온다.

무한 속에서 정 풀고 한 달래는 곳
정자

주인 없는 자연에다 말뚝을 박고 자연을 자기의 것처럼 점유하는 행태가 허용되는 곳이 있다. 우리의 좁고 게다가 막혀버리는 시선을, 무한의 공간으로 넓히고 하늘 보고 땅 보면서 유유자적하는 곳이 있다. 산수의 한 모퉁이에 날아갈 듯 더덩실 정자를 짓는 일이 그렇다. 거기서 무한한 산하를 굽어보면서, 천지와 우주랑 통합되는 이른바 '육합론六合論'을 껴안는다.

송나라 때 변법을 주장했던 강력한 정치시인이었던 왕안석의 붓끝에 그려진 정자는 가장 전형적이다. 드높은 전망에 묘소한 존재, 거기다 영원과 무상이 동시에 아우러지는 공간이다.

해는 서쪽 엄자산으로 지고	日下崦嵫外
가을은 골짜기 웅덩이서 오네.	秋生沆碭間
맑은 강 끝없이 고운데	清江無限好

〈망양정望洋亭〉, 이방운李邦運, 조선. 산수 한 모퉁이에 날아 오르듯 한 귀퉁이를 차지한 정자. 이곳에서 바다를 굽어 보고 있노라면 천하를 관망하는 포부가 차오르겠지만, 잊지 말아야 할게다. 유한한 인간은 가도 자연의 일부인 정자는 남는다는 사실을.

하얀 말 한들한들 노니네.　　　　　　　白馬不勝閒

비가 그치자 구름은 재를 비끼고　　　　雲過雲收嶺

하늘이 비이자 달이 해만海灣에 솟네.　　天空月上灣

돌아가는 안장에 뿔피리 스칠 때,　　　　歸鞍侵調角

돌아보면 아련히 육조六朝*의 옛 달.　　回首六朝月

　　―〈해 걸음, 강정에서〔江亭晩眺〕〉

* 중국에서, 후한後漢이 멸망한 뒤 수나라가 통일할 때까지 양쯔 강 남쪽에 있었던 여
섯 왕조. 오吳, 동진東晉, 송宋, 제齊, 양梁, 진陳을 이른다.

쌀쌀한 가을바람이 밀려오는 황혼, 정자에 부딪는 풍경은 곱고 한
가롭다. 강물에 백마, 더구나 비가 지난 재 너머로 구름이 걷히고 텅―
비인 물굽이로 달이 돋을 때, 돌아가는 안장에 뿔피리가 스치면서 불
현듯 유미唯美의 시대―육조가 상기된 것이다. 보다 드높은 시야에 미
려한 조망을 들라면 어렵지 않다.

　북송 때의 문호 구양수가 1046년, 저주滁州의 자사로 근무할 때 손
수 짓고 거기서 봄놀이했던 풍락정豊樂亭이나, 역시 북송 때의 산문가
로 당송 8대가의 하나였던 소동파의 동생 소철(蘇轍, 1039~1112)■이 유
람했던 제남濟南땅 대명호大明湖의 환파정環波亭 등을 올리고 싶다.

■ 북송의 문학자. 철종 때 우사간右司諫, 상서우승尚書右丞을 거쳐 문하시랑門下侍郞 등을 역임했다.
저서로 많은 고전 주석서注釋書와 《난성집欒城集》, 《난성응소집欒城應詔集》, 《시전詩傳》 등이 있다.

붉은 나무 푸른 산에 해가 뉘엿할 때 　　紅樹靑山日欲斜

넓은 들판 끝없는 초록색.　　長郊草色綠無涯

상춘객들은 봄이 저문 줄도 모른 채　　游人不管春將老

정자암을 오가며 낙화를 지르밟네.　　來往亭前踏落花

— 〈풍락정에서 봄놀이〔風樂亭游春〕〉

남산이 굽이굽이 남당으로 치닫고,　　南山迤邐入南塘

북주 우뚝우뚝, 북성을 베개 삼네.　　北渚岧嶢枕北墻

푸른 연 지나고 다리 끊긴 곳에　　過盡綠荷橋斷處

갑자기 붉은 난간, 물속에 솟았네.　　忽逢朱檻水中央

오리와 갈매기는 호수에 모이다 흩어지고,　　鳬鷗聚散湖光淨

물고기와 자라는 기와 그림자 속에

자맥질하네.　　魚鼈浮沈瓦影凉

맑은 경내서 삼복더위를 잊은 채,　　清境不知三伏熱

병든 몸에는 오직 등나무 걸상 한 짝.　　病身唯要一藤床

— 〈대명호 환파정에서〔環波亭〕〉

　　하나는 넓은 들이 한눈에 바라보는 정자, 하나는 호수 속에 서서 사
방 물을 바라보는 정자, 비록 입지는 다를지라도 공활하기는 마찬가
지, 거기다가 미세한 존재—인간은 시간의 과객임을 잊은 채, 떨어진
꽃을 밟거나 병든 몸을 등나무 걸상에 비길 뿐이다. 그러니까 정자는

인간의 눈, 그 객체는 무한한 자연의 품이다. 그래서 인간은 갈지라도 정자는 끝내 남을 것이다.

사람들이 돌아가면 정자는 혼자 남는다. 낮이 가면 밤이 오고, 봄이 가면 가을이 오듯. 그렇다면 어둠과 추위 속에서 정자는 고립孤立할 수밖에 없다. 하물며 한 인생이 그 말년에 이르고 한 조대朝代가 쇠망함에 이르러서야!

아스라한 뾰족 정자에서,

웃고 말하며 혼자 만학천봉을.

누구랑 구경할까?

저 만 리에 물결치는 안개구름을.

몸은 늙어도 아직 천애 생각.

하염없는 슬픔이지만 젊은 호방이여!

늙은이 작태를 배우지 말게나.

縹渺危亭

笑談獨在千峰上

與誰同賞

萬里橫煙浪

老去情懷 猶作天涯想

空惆悵 少年豪放

莫學衰翁樣

―〈소흥땅 을묘년(1135), 변산弁山의 정자에 올라〔紹興乙卯 登絶頂小亭〕〉

맑은 가을, 시름이 일면

해거름 시냇가 정자를 찾는다.

높은 나무에 초승달 내밀 때

산들바람에 술이 설핏 깨인다.

혼자 낙엽을 뚫고 거닐다가

清秋有餘思

日暮尙溪亭

高樹月初白

微風酒半醒

獨行穿落葉

우두커니 반딧불을 헤아린다.　　　　間堂數流螢

어디서 아련히 뱃노래?　　　　　　何處漁歌起

저 건너 물가에 가물거리는 불빛.　　孤燈隔遠汀

　─〈시내 정자〔溪亭〕〉

　위의 것은 송나라 사인詞人 섭몽득(葉夢得, 1077~1148)[*]이 늙마에 벼슬 팽개치고 변산에 은거하던 59세 때의 작품이요, 아래 것은 송말宋末 시인 임경희(林景熙, 1242~1310)가 원나라 벼슬을 마다한 채 강절江浙 지방을 방랑하다가 쓴 것이다. 하나는 노쇠의 한이요, 하나는 망국의 한이다. 그 한을 달래려고 간 곳이 정자였다. 만 리를 물결치는 안개구름을 보고, 때로는 초승달빛과 반딧불 가물거리는 등불을 보면서, 결국 시인은 정자를 거기다 두고 집으로 기어 들어올 수밖에. 한은 가슴에 묻고.

[*] 송나라 학자. 과거에 급제하여 중서사인, 한림학사를 역임했으며, 금나라 군대의 남하를 저지하기도 했다. 《석림사石林詞》에 120수가 전한다.

삐걱, 노 젓는 소리로 강산을 푸르게 하는
어옹

낚시꾼을 누구나 강태공으로 부르지만, 강태공이 중국 주周나라 때 웨이수이渭水 강가에 은거했던 여상呂尙임을 아는 사람은 많지 않다. 여상은 낚싯대를 물에 던지되 낚싯밥을 달지 않았다고 한다. 그러다 문왕文王을 만났고, 끝내 문왕이 스승으로 모셨고, 그 뒤 무왕武王을 도와 은殷나라를 공멸했던 사람이었다.

술꾼이 술만 마시지 않듯 낚시꾼은 고기만 낚지 않았다. 더구나 시를 쓰는 낚시꾼임에랴. 그들이 낚는 물고기는 다양했고, 낚는 방법 또한 그러했다. 그들에게는 물고기를 잡기보다는 언제 어디에 낚시를 드리는가가 더 중요했다. 얼마를 잡기보다는, 잡으러 가고 잡아서 돌아오는 그 생활을 즐겼다. 그들은 심지어 물고기가 아닌 다른 것을 낚는지도 몰랐다.

당송팔대가일 뿐 아니라 한유와 함께 당나라 문호로 일컬어지는 유종원(柳宗元, 773~819)의 〈어옹漁翁〉·〈강설江雪〉은 그의 산문 못지않게 인구에 회자되었다. 공교롭게도 두 편이 모두 어옹의 얘기다.

천산에 새 끊기고   千山鳥飛絕

만경에 사람 그림자 하나 없네.   萬徑人蹤滅

조각배에 우장(도롱이, 비옷) 삿갓 쓴 영감,   孤舟蓑笠翁

혼자서 차디찬 강눈을 낚네.   獨釣寒江雪

　　―〈강설〉

늙은 낚시꾼 서쪽 바위에서 밤을 새우고,   漁翁夜傍西岩宿

새벽녘 상강 물 길어 초나라 대로 불을 지핀다.   曉汲清湘燃楚竹

일출에 안개는 사라지는데 아무도 보이지 않고   煙銷日出不見人

삐걱, 노젓는 소리에 강산이 푸르다.   欸乃一聲山水綠

무심히 돌아보니 하늘에서 물이 흐르고   回看天際下中流

바위 위로 하염없이 구름만 오락가락.   岩上無心雲相逐

　　―〈어옹〉

　한밤을 산자락에서 낚시를 드리웠던 영감은 새벽에야 배가 고팠는지 물을 길어다가 밥을 짓는데, 때마침 안개는 저만큼 물러서지만 사람이라곤 아무것도 보이지 않는다. 삐걱하는 노 소리가 그러한 적막의 시야를 깨뜨리자, 산과 물이 갑자기 파래지는 것은 적막했던 시야가 움직이는 소리 때문에 활성화되는 의식의 변화를 보인 것이다. 맨 뒤 구절은 없어야 좋았다. 그렇다고 군더더기는 아니었다. 어옹은 물론 저자의 고독을 한층 심화시켰다.

〈어락도漁樂圖〉 부분, 대진戴進, 명. 강남 지역의 어부생활을 사실적으로 묘사한 그림이다.
짧고 날렵한 필치로 바위와 나무들을 생동감 있게 그려냈고, 특히 다양한 인물의 모습이
화폭에 생기를 불어넣는다. 배 위에서 그물을 걷는 어옹은 기실 세월을 낚고 있었던 것이
리라.

〈강설〉에서도 역시 초점은 어옹이다. 〈어옹〉 속에 생활이 있는 것과는 달리, 〈강설〉에는 다만 그림이 있고 그림 속에 어옹이 있다. 조각배에 우장雨裝·삿갓을 쓴 영감이 강설을 낚는다고 딴전을 피지만, "혼자서 차디찬 강눈을 낚네"라는 구절은 매우 시적인 공감각을 부렸다.

두 편 모두 고적한 분위기다. 어둡고 추운 환경 속에 산과 물, 길과 배, 해와 안개, 바위와 구름 등은 무한하고 서로 무관하다. 그 속에 떠 있는 조각배 하나, 우장 삿갓 하나, 낚싯대 하나, 그리고 어옹 하나는 창해 속의 일속一粟 같은 효과다. 유종원이 805~813년까지 9년 동안 영주에서 유배생활하며 쓴 만큼 자신의 정치적 불우를 간접 표현한 것으로 보인다.

그러나 당나라의 장지화(張志和, 730?~810?)[■]는 낚시질을 취미는 물론, 일종의 도락으로 심화시켰다. 벼슬하다가 유배당한 뒤 사면되어 그는 타이후 호太湖의 유역인 후저우湖州에 은거하면서 자칭 연파조도煙波釣徒가 되었다. 그때 남긴 사詞 〈어부〔漁歌子〕〉는 천고의 걸작이다.

<table>
<tr><td>서새산 산마루엔 백로가 날고,</td><td>西塞山前白鷺飛</td></tr>
<tr><td>복사꽃 흐르는 물에 쏘가리가 살찌네.</td><td>桃花流水鱖魚肥</td></tr>
<tr><td>파란 대껍질 삿갓에 녹색 우장으로</td><td>青箬笠 綠蓑衣</td></tr>
</table>

■ 당나라 때 은사로, 물 위에 자리를 깔고 술을 마시면, 머리 위에서 학鶴이 춤추었다 한다. 동양화의 중요한 화제畫題로 쓰인다.

샛바람 가랑비에 돌아갈 줄 모르네.　　　　　斜風細雨不須歸

　　―〈어부〉

　　장지화의 고향 산자락에서 봄은 무르익는데, 낚시꾼 차림으로 물가에 앉은, 샛바람 가랑비쯤이야 아랑곳없이 낚시를 드리우고 있는 어옹의 낙을 그렸다. 더구나 까만 산빛에 하얀 두루미, 파란 삿갓에 녹색 우장… 그리고 비상하는 새에 뛰는 쏘가리, 흐르는 물결에 쏟아지는 빗줄기 등 색채와 동태의 조화가 사를 살리고 있다.
　　이 세 편의 당시가 어옹에 대한 미화라면, 어옹의 현실적인 면모도 없지 않다. 만당晩唐 현실주의 시인 중 불우한 가난뱅이 시인이었던 두순학의 〈조수釣叟〉는 가난한 어옹생활을 겨우 스무 글자로 아주 핍진하게 그렸다.

띳집 깊숙한 물굽이에　　　　　　　　　　茅屋深灣里

낚싯배는 대사립에 비껴있네.　　　　　　　釣船橫竹門

입으랴 먹으랴 일도 많은데　　　　　　　　經營衣食外

아들 보고 손자하고도 놀아야 하네.　　　　猶得弄兒孫

　　―〈조수〉

　　어옹의 진실한 생활은 두고두고 핍진하게 묘사되었다. 송나라 때 민생의 질고를 즐겨 썼던 정치시인 범중엄 또한 〈고기잡이의 자랑〔漁家

傲〕〉,〈강 위의 어부〔江上漁者〕〉 등 어옹에 대한 시를 썼다.

강을 오가는 사람,　　　　　　　江上往來人

오직 농어만을 사랑한다.　　　　但愛鱸魚美

보게나! 조각배 타고　　　　　　君看一葉舟

풍랑 속을 들고 나며　　　　　　出沒風波裡

—〈강 위의 어부〉

가장 값비싼 농어를 잡기 위해 양쯔 강 풍랑 속에 목숨을 건 어부를 그렸다. 그러나 어옹의 삶, 그 진솔한 질고는 청나라 때 제일가는 풍류 화가 정섭(鄭燮, 1693~1765)■의 〈어가漁家〉만큼 섬세·절실한 것도 없다.

물 좋은 생선을 백이 전에 팔아서,　　　賣得鮮魚百二錢

쌀 사서 밥 지으러 배 두고 돌아왔네.　粂糧炊飯放船歸

물 갈대 뽑았지만 불붙지 않아　　　　　拔柴濕葦燒難着

수양버들 언덕 가 햇볕에 말리네.　　　晒在垂楊古岸邊

—〈어가〉

■청나라 문인. 전통적인 화법에 얽매이지 않는 독자적인 화풍을 창시해 양저우 팔괴八怪의 한 사람으로 꼽힌다.

어옹 하나가, 물 좋은 물고기 팔아서 몇 푼 손에 쥐자, 쌀 팔아 밥 지으러 언덕에 올랐다. 급한 나머지 물가에 갈대 뽑아 땔감으로 썼지만, 연기가 뭉게뭉게. 옜다, 집어치우고 다시 햇볕에 널어놓고 애써 말리는 광경이 눈에 선하다. 한 폭의 어촌 풍경화, 어옹은 난감해서 저— 쪽에 서있다. 정섭, 곧 정판교(鄭板橋, 판교는 정섭의 호)의 이야기가 있는 풍속도라 할 수 있다.

구름도 머뭇거리다 하늘로 비켜서는
피리

푸른 달빛 쌀쌀한 소나무 바위에서 달빛처럼 솔 여울처럼 울려나오는 피리 소리는 천상의 아름다움이요, 천고의 한풀이로 들린다. 그것은 풍류요, 해원解寃이었다. 때로는 영웅의 한숨이요, 때로는 나그네의 울음이었다. 그것만 아니었다. 그 소리는 우리를 신선의 고을로 인도했고, 그 소리는 우릴 비천飛天 타고 하늘로 오르게 했다.

피리는 그림으로 남았다. '한 일―'자의 짧은 막대로부터 쥐어짜듯 끌어낸 소리가 보이는 듯했다. 소리로 사라지지 않고 그림으로 반공半空에 남아있었다. 시는 그 그림을 문자로 그렸다.

만당晩唐 때 애첩과의 슬픈 사랑으로 많은 화제를 남겼던 조하는 "피리 소리 긴―가락에 사람은 다락집에 기대고〔長笛一聲人倚樓〕"라는

〈송하취적松下吹笛〉, 이징李澄, 조선. 휘어진 노송 위에 걸터앉은 노인이 피리를 분다. 달빛처럼 울려나오는 그 소리는 풍류이자, 해원解寃이었고, 때로는 영웅의 한숨이요, 때로는 나그네의 울음이다. 그 소리에 아픈 추억을 되돌아보지 않는 자, 몇 있었을까.

명구로 '조의루趙倚樓'라는 별칭으로 불리기도 했다. 그만치 피리 때문에 성가成家를 이룬 시인이었다.

저—기 아름다운 누각에서 피리 부는 사람은?　誰家吹笛畫樓中

끊기다 이어지는 피리 소리,

끊기다 이어지는 바람 따라.　斷續聲隨斷續風

구름도 발을 머뭇거리다가 하늘로 비켜서고,　響遏行雲橫碧落

차가운 달빛에 어울리다가 창틀로 스민다.　清和冷月到簾櫳

신이 날 때면 삼롱*을 불던

환이桓伊**가 생각나고,　興來三弄有桓子

다시 〈장적부長笛賦〉를 썼던

마융**이 그립다.　賦就一篇懷馬融

피리는 그쳤건만 피리 부는 사람은?　曲罷不知人在否

가냘픈 여운은 아직도 하늘을 맴돈다.　餘音嘹喨尙飄空

—〈피리를 듣고〔聞笛〕〉

* 거문고를 연주할 때, 줄을 힘 있게 누르고 계속 올려 치는 기법.
** 피리 잘 불기로 유명했던 진나라 사람.
** 동한東漢의 유학자로, 《수경數經》에 통달하여 노식盧植, 정현鄭玄 등을 가르쳤다.

첫 연은 피리의 소재와 형상, 셋째 연은 피리의 유명한 연주가인 진晉대의 환이와, 피리를 문장으로 표현한 동한東漢의 마융에 대한 회고의 정, 그리고 마지막 연은 현실 묘사다. 가장 절묘한 것은 피리 소리의 고양高揚과 저회低迴를 묘사한 둘째 연이다. 곧 피리 소리가 매우 아름다워 그것을 듣던 구름조차 발을 멈추다가 하늘로 비켜서고, 그 소리가 나지막이 맴돌다가 달빛을 헤치고 창틀로 침투하는 모양을 포착한 대목이다.

조하의 〈피리를 듣고〉는 피리의 일반적인 인상이요, 보편적인 감동이다. 뉘에게 절절하지 않을까?

뉘 집에서 옥 피리 살며시 흩날릴까?	誰家玉笛暗飛聲
봄바람 타고 낙양성에 가득한 저.	散入春風滿洛城
이 밤 저 가락 속에는 이별곡이 들리기로	此夜曲中聞折柳
누가 내 고향 그 뜨락 그리지 아니할까?	何人不起故園情

—〈봄밤, 낙양에서 피리 들으며〔春夜洛城聞笛〕〉

회락 봉수대 앞에는 눈 같은 모래,	回樂烽前沙似雪
수강성 밖에는 서리 같은 달빛.	受降城外月如霜
어디서 가냘픈 갈피리 소리,	不知何處吹蘆管
이 밤 어느 병사 고향 그리지 아니할까?	一夜征人盡望鄕

—〈수강성에 올라 밤 피리 듣고〔夜上受降城聞笛〕〉

이백의 〈봄밤, 낙양에서 피리 들으며〉와 이익(李益, 748~829)의 〈수강성에 올라 밤 피리 듣고〉는 비록 쓰인 시대와 곳은 다르지만, 똑같은 망향시望鄕詩였다. 하나는 735년 봄, 뤄양에서, 다른 하나는 797년 이후 북방에 종군할 때 수강성(지금 네이멍구 자치구 오원五原 서북쪽)에서 쓰였다. 이백은 당시 장안長安 생활을 걷어치우고 뤄양을 떠돌 때, 비록 두보를 만나 즐거웠지만, 뜻을 펴지 못한 방랑 중 신세였고, 이익은 당시 당나라 최북방인 사막의 변새에서, 돌궐의 침공을 방어 중이었다. 이백은 꽃철에 뤄양에서, 이익은 전시의 사막에서 고향을 그리워했으니, 서로 대조적이다. 이렇듯 피리는 때와 장소를 가리지 않고 나그네를 흔들어놓았다.

이백과 이익의 문적시聞笛詩가 물이었다면, 강에서 들리는 피리의 형용은 어떨까? 원나라 때의 대표적인 회족回族시인인 살두랄(薩都剌, 1308?~1355?)■은 매우 감각적인 산수시를 남겼는데 그에게도 '문적시'가 있다. 바로 〈강에서 피리를 듣고〔江上聞笛〕〉다.

강에서 대 피리 부는 이 누구뇨?　　　　江上何人吹竹笛

옅은 물, 찬 모래, 고래 우는 밤에.　　　　水淺沙寒鯨夜泣

물속에 교인鮫人은 얼음 생사를 짜고,　　鮫人水底織氷綃

구슬 맺힌 눈물은 하얀 이슬에 젖는다.　　灑淚成珠露華濕

아스라한 은하수에 넘실거리는 물결,　　　銀河耿耿波茫茫

■ 원나라 시인. 이슬람교 간부층 출신으로, 서정에 뛰어나, 유려한 '궁사宮詞'의 작자로 알려져있다. 주요 저서로는 《안문집雁門集》 등이 있다.

불침번 기러기가 갯벌에서 교대한다.　　　　　雁奴打更沙澈旁

밤 깊은 명주 이불에 추위가 겹칠 때,　　　　更深繡被夜寒重

밝은 달 매화꽃에 소복한 서릿발.　　　　　明月梅花滿地霜

　　—〈강에서 피리를 듣고〉

무대가 강이다. 달, 은하, 모래가 있고, 서리가 내린 심야에 들리는 피리 소리.

제1연은 현장. 고래의 음감과 색감을 교인이 짜는 생초生綃에 비유했다. 이슬에 젖은 눈물방울, 그것이 주렁주렁한 느낌이다. 얼마나 처절한 소리랴! 3연은 역시 현장, 은하수와 물결, 때마침 갯벌에서 불침번 서느라 혼자 꺼벙하게 서있는 기러기가 교대를 한다. 다만 시인의 눈에 그렇게 보이리라.

제4연 또한 당시의 정경, 밤은 온도가 내려가고 창밖에는 달빛, 매화꽃 서리… 모두가 춥고 하얗다. 피리 소리의 느낌일지도 모른다. 소리를 색깔로 표현하는 고도의 기교는 우리의 눈, 귀, 가슴, 그리고 마음을 한곳으로 모이게 했다.

피리는 우릴 취하게 했다. 술에 취하면 깨었을 때의 그것이 아니듯. 저 가냘픈 음색은 우리 둔중한 정신을 깨우치거나 우리 쇠약한 신경을 표일飄逸하게 흔들어놓았다. 중당中唐 때 홍주洪州에 은거했던 시인 시견오(施肩吾, 822년 무렵 재세)는 피리의 파장 속에 현실의 키를 놓고 말았다.

조촐한 서녘 다락에 달이 걸렸을 때,　　　皎潔西樓月未斜
해 맑은 피리 소리, 이웃집에 날아든다.　　笛聲寥亮入東家
피리는 호롱불 아래 바느질하는 여인더러　却令燈下裁衣婦
잘못 동심매듭 꽃무늬를 자르게 한다.　　誤剪同心一半花
—〈밤 피리〔夜笛詞〕〉

역시 피리의 분위기는 마찬가지다. 달빛과 정적과 등불, 그 아련한
안개 속을 진동하는 음파가, 끝내 바느질하는 여인네의 손길에 경련을
일으킨 것이다.

가을 秋

가을밤 달빛 속 고요한 누리에
들리는 소리는 저마다
커다란 그림틀을 달고 있다.
처음에는 귀로 들리지만
차츰 마음으로 보고 마음으로 잡힌다.
자연과 자연의 어울림으로부터
자연과 인간의 부딪힘,
이윽고 가을밤에 벌어지는 인간만의 향연!

저 불덩이가 풍덩 잠길 때
황혼

해 질 녘, 그리운 이 하나 담아두지 못한 사람이나 뜨겁게 사랑하고 있는 사람, 모두가 목이 마를 때다. 아무리 목석 같은 성격일지라도 서산 머리에 걸린 붉은 노을을 보면서 가슴이 쓸쓸하지 않은 사람이 없을레라.

하루 동안 비비고 매만지던 저고리의 옷고름에 고를 내고, 하루 동안 풀밭을 누볐던 염소의 장구배(장구통처럼 몹시 부른 배)를 끌며 우리로 돌아오는 시간. 그럼에도 살며시 뒷문을 제치고 영영 떠나버리고 싶을 만큼 이별의 매혹과, 아주 아름다워서 차라리 죽고 싶다는 영별의 충동을 느끼는 황혼이다.

황혼을 사랑하고 아쉬워하는 마음은 한韓·중中이 따로 없고, 당唐·송宋이 따로 없다. 그중에도 당나라 말엽, 이상은 같은 유미시인이 만년에 쓴 〈낙유원에 올라〔登樂遊原〕〉만큼 황혼의 매혹을 직설한 것은 없다.

해 질 녘 속이 답답해   向晚意不適

수레를 몰고 고원에 올랐네.　　　　　　　　驅車登古原

석양은 저리 고우련만.　　　　　　　　　　夕陽無限好

벌써 어두침침해서야.　　　　　　　　　　只是近黃昏

　—〈낙유원에 올라〉

　석양은 해 질 녘의 시간이요, 황혼은 해 질 녘의 형상이다. 석양은 한 사람의 신세와 한 나라의 기세까지 상징한다. 그 마지막 대목에서 해는 기울건만 그 형태는 끝없이 아름답다. 다만 얼른 어둠이 내려서 오래 구경할 수 없는 것이 아쉬울 뿐이다. 저 극치와 맞닥뜨려 굳이 목숨의 집념과 숙명의 슬픔을 볼썽사납게 늘어놓지 않았다.

　이상은의 시가 직접적인 설파라면, 당나라 전원시인 왕유의 〈망천에 숨어 살며 배적에게(輞川閒居贈裴秀才迪)〉의 그 2연, 3연은 선명한 인상화의 수법으로 황혼을 처리했다.

주렁 짚고 사립 밖에 서면　　　　　　　　倚仗柴門外

저녁 바람에 쓰르라미 소리.　　　　　　　臨風聽暮蟬

나루터엔 지는 해 걸렸고　　　　　　　　渡頭餘落日

두메에는 한 오라기 밥 짓는 연기.　　　　墟里上孤煙

　—〈망천에 숨어 살며 배적에게〉

　두메에 석양은 막바지인데 밥 짓기는 이제부터다. 해는 둥글게 지

160

〈무제〉, 고봉한高鳳翰, 청. 불덩이가 서산을 넘어간다. 시인에게 황혼은 그립고 아름답고 슬
프고 죽어버리고 싶은 시간이다.

는데 연기는 직선으로 피어오른다. 석양은 자연인데 연기는 인위였다. 서로 다른 환경과 구도가 아주 단조롭고 아주 적적하게 꾸며있다. 더구나 해 질 녘 쓰르라미 구슬피 울며, 나직한 사립문 밖에 서있는 늙은 나그네의 눈에 말이다. 사건의 시始와 말末, 기하의 원圓과 선線, 자연과 인위, 그것들이 하루를 마무리하는 마지막 종점에서 고즈넉이 아우러지고 있다.

또 다른 황혼이 펼쳐지고 있다. 그것은 남포(南浦, 지금의 장시 서남쪽) 땅, 분명코 코를 찌르는 꽃냄새를 좇아 배를 띄웠건만 꽃은 찾지 못한 채, 꿀꺽 해가 져서 다리 건너로 잠겨버리는 답답함. 황혼은 절절한 그리움이 뚝 멈춰지는 마침표 같은 것. 송나라 때 변법시인 왕안석은 그렇게 저주했다.

남포로 꽃 찾아갔다가
돌아오는 뱃길을 잃고
자욱한 향기 끝내 찾질 못한 채
다리 서녘으로 꿀꺽 해가 잠겼네.
—〈남포시南浦詩〉

南浦隨花去
回舟路已迷
暗香無覓處
日落盡橋西

답답한 노릇이다. 꽃냄새는 나는데 꽃은 찾질 못해, 서둘러 서둘러 물길을 헤매는 동안, 저 해는 다리 건너 쪽에 풍덩 잠겨버린 것이다. 붉은 해도 꽃냄새도 어둠에 묻어버리고 남포를 떠날 수밖에.

그런데 송나라 전원시인 양만리는 해 질 녘, 아예 호숫가에 철퍼덕 앉아서 석양의 추락을 밀착 관찰했다.

앉아서 호숫가로 떨어지는 해를 보노니   坐看西日落湖瀕
산에 물리지도 구름에 가리지도 않는데,   不是山銜不是雲
한 뼘 한 뼘 내려오더니 그만 풍덩 빠진지라.   寸寸低來忽全沒
분명코 물속으로 잠겼지만
물살 하나 일지 않거늘.   分明入水只無痕

─〈호숫가 낙조〔湖天暮景〕〉

커다란 불덩이 하나가 호숫가로 추락하는 장면을 시시각각 포착했다. 처음에는 산에 물리거나 구름에 가리지 않아도 우리 시계에서 사라지는 석양을 동심적으로 보다가, 서서히 추락하더니 갑자기 침몰되고, 그 장엄한 침몰과는 달리 아무 일도 없는 듯 평온한 일상. 그 과정을 소묘한 것이다. 마치 수백 명의 배우나 악사들이 혼을 불사르던 오케스트라나 오페라가 그 곡이 끝나면 막이 내리고 불이 꺼지고 제각기 흩어지는 일이나 다름없다. 그래서 황혼은 그립고 아름답고 슬프고 죽어버리고 싶은 시간일지 모른다.

조각달에 집집마다 외로움 달래는 소리
다듬이질

요즘 〈난타〉라는 우리의 새로운 민속 음악이 세계를 강타하고 있다. 둔탁하면서도 경쾌한 칼의 두들김이 소낙비로 도마를 두들길 때 답답했던 가슴이 터질 듯 후련했다.

옛날 우리들 안방에 밤이면 아련했던 다듬이질이 있었다. 희미한 호롱불빛이 안개처럼 가물거릴 때 뿌연 백지와 거무스름한 창살, 그 가로세로 듬성듬성한 석쇠무늬 사이로 바람처럼 흩날리는 그림자와 함께 가냘프게 들리는 다듬이소리가 그것이다. 그것은 때로 오늘의 〈난타〉처럼 신날 수도 있겠고, 때로 추석빔이나 설빔을 위해 부푼 마음, 설레는 몸짓이겠고, 때로는 깊은 밤 쇠잔한 달빛에 눈물로 얼룩진 그것일 수도 있다.

벌써 1600년 전에 다듬질의 동작과 과정을 그린 시인이 있었다. 내가 어렸을 적 다듬이질을 손수 해보았던 체험에 비출 때, 별로 달라진 게 없다. 바로 남조南朝 때 쓰인 사혜련(謝惠連, 397~433)의 〈다듬이질〔擣

衣)이다. 당시 최고의 산수시인이던 사령운의 집안 동생이다. 그의 시
풍을 따라 산수시를 썼기에 '소사小謝'로 불려왔다.

처마가 높으면 다듬질 소리 퍼지고,　　　　　欄高砧響發

기둥이 길면 방망이 소리 서러워.　　　　　楹長杵聲衰

두 옷소매에 비단 냄새 일고,　　　　　微芳起兩袖

두 이마에 살포시 땀이 솟네.　　　　　輕汗染雙額

흰 명주 고이 두들겼건만,　　　　　紈素旣已成

서방님 아직 돌아오지 않네.　　　　　君子行未歸

반짇고리의 칼로 이리저리 잘라,　　　　　裁用箬中刀

만 리 길 나서는 옷을 바느질하네.　　　　　縫爲萬里衣

　―〈다듬이질〉

무엇보다 높은 처마와 기인 기둥의 휘영청 넓은 방이나 대청에서
두드리는 다듬이소리는, 확실히 넓은 공명을 이루었음인지 귀청을 찢
도록 예리했지만, 그 소리가 멀리 감돌 때면 희미한 달빛 속에서 구슬
프기만 한 것을 잘도 표현하였다. 그리고 다듬잇돌 위에서 방망이에
난타당하면서 곱게 퍼져가는 얇은 비단이나 광목에서 살포시 풍기는
향기조차 놓치지 않았다.

　더구나 다듬이질을 거쳐 섬세하고 알뜰하게 바느질한 입성은 붕정
만리(鵬程萬里, 붕새를 타고 만 리를 나는 듯 먼 길 또는 먼 장래)를 떠나는 서

〈베짜기〉 부분, 작자미상, 조선. 베짜기나 다듬이질 같은 집안일을 하기에, 혼자는 너무 쓸
쓸하다. 그래서 한 집에 모인 아낙들은 한과 서러움이 담긴 서로의 사연들을 풀어내며, 고
된 노동을 견뎠다. 하지만 이마저도 할 수 없는 가을밤엔 그 쓸쓸함에 눈물 짓기 일쑤였다.

방님에게 지어 드린다는 부덕을 암시했으나, 행역行役에 나간 서방이 돌아오지 않는다고 푸념하기도 했다.

다듬이질은 안방이요, 다듬이질은 대개 밤일이다. 그것도 찬바람이 일어나는 가을이요, 달뜨는 밤이다. 사람을 만나기보다 기다리고 그리는 시간이었다. 그 절절한 시간의 배경 음악이 곧 다듬이소리였다.

시선 이백이 마흔두 살 때 장안에 올라와서 썼던 《자야오가子夜吳歌》▪ 속에 그 명편이 들어있다. '자야' 란 진나라 때 여염에 살던 살가운 한 여인의 이름이었고, '오' 란 춘추전국 때부터 지금 쑤저우 지역에 세운 나라였다. 그 기름진 땅 오나라에서 한 여인이 서역 삼만 리 땅에 수자리(국경을 지키는 일이나 병사) 지키러 간 서방님을 그릴 때, 때마침 휘휘 가을바람에 다듬이소리, 소리가 사방에 진동하였다.

장안 조각달에,　　　　　　　　　　長安一片月

집집마다 다듬이소리.　　　　　　　萬戶搗衣聲

갈바람은 철 따라 불기로,　　　　　秋風吹不盡

걱정은 옥문관으로 달려가네.　　　總是玉關情

어느 날 오랑캐를 무찌르고,　　　　何日平胡擄

내 낭군 수자리에서 돌아올까?　　良人罷遠征

　　　― 〈가을 노래〔秋歌〕〉

▪ 진나라 가곡歌曲. 이 곡에 따라 시인들이 지은 〈자야가子夜歌〉 42수, 〈자야사시가子夜四時歌〉 75수가 《악부시집樂府詩集》에 실려 전한다.

남편을 서역 수만 리 밖 옥문관으로 보내고 쌀쌀한 갈바람 속. 때마침 달빛과 다듬이소리. 그것은 가슴을 치는 주먹소리였다. 찢어지는 듯한 여인의 가슴이었다.

맨 처음 다듬이소리는 제3자의 입장에서 관조했고, 두 번째는 이웃의 한 아낙을 그렸다. 이번에는 백거이가 〈다듬이소리를 들으며[聞夜砧]〉에서 자기를 그렸다.

뉘 집 아낙이 가을에 다듬이질할까?	誰家思婦秋擣帛
어스름 달빛, 싸늘 바람에 슬픈 저 소리.	月苦風凄砧杵悲
팔월 구월 긴 긴 밤에	八月九月正長夜
고을마다 여기저기 끊임없기로.	千聲萬聲無了時
내일 아침이면 머리가 죄 희겠지.	應到天明頭盡白
뚝딱 소리에 느느니 흰 머리칼.	一聲添得一莖絲
— 〈다듬이소리를 들으며〉	

다듬이소리에 시인 백거이가 늙는 것이다. 그 소리 백거이의 가슴을 찌르고, 한 밤이 새면 하얀 머리칼이 는다는 것이다.

마지막으로 송나라 애국시인 육유의 명시 〈가을 생각[秋思]〉에서 한 구절만 보태고 싶다. 59살의 노인에게 환동還童의 기적도 만들 줄이야!

다듬이소리 지쳐 멈출 때 골목의 달도 지고,	砧杵敲殘深巷月

오동잎 우수수 질 때, 고향엔 가을이 성큼 왔네.　梧桐搖落故園秋

아득히 깊숙한 골목 그 끄트머리에 달이 살짝 걸려서 밤이 으슥한데 그때서야 안방의 다듬이소리는 숨을 몰아쉬듯 틈새를 벌이다가 이윽고 적막으로 침몰한다. 그리고 그 골목으로 오동잎새 몇 장이 데굴데굴 굴러간다. 밝은 달은 산에서 보아야 밝고 그믐달은 깊은 골목에서 보아야 제격이다. 오동잎이 휘날리는 것을 보고서야 가을이 온 줄 알고, 다듬이소리가 멈출 때라야 달이 돌아갈 때를 짐작하는 시간의 질서도 보이고 있다.

여기서 중국의 남조 때에서 한국의 현대까지 비록 수천 년의 시차가 있을지라도 아직도 적용되는 방정식이 있다. 가을이면 달밤이요, 달밤이면 낙엽의 소슬한 소리와 함께 다듬질의 카랑카랑한 금속성, 그것들이 허전한 가슴을 울리고 있다. 그러나 가슴을 명중했던 그 단순 음절이 지금은 점점 사라지고 있다.

만나고 헤어지고 무지개가 걸린 곳
다리

중국에서 다리는 다만 가공架空의 도로가 아니다. 중국의 미술사나 건축사의 일부분이다. 쑤저우의 보대교寶帶橋를 비롯해, 허베이河北의 조주교趙州橋, 베이징 교외의 노구교盧溝橋, 뤄양의 천진교天津橋, 시안의 파교灞橋, 쓰촨四川의 주포교珠浦橋, 취안저우泉州의 낙양교洛陽橋, 항저우의 서호단교西湖斷橋 등이 그렇다.

다리는 산과 물이 악수하는 곳이요, 사람과 사람이 만나고 헤어지는 곳, 고을과 고을이 금을 긋는 곳, 심지어 나라와 나라가 어깨를 비비고 때로는 전쟁의 불길을 터뜨리는 곳이다. 그러나 다리는 시인들에게 반달半月이나 긴 무지개〔長虹〕로 수식되리만큼, 아름다운 풍경의 하나로 사랑을 받았다. 말하자면 자연과 인위의 융합이요, 실용과 예술의 현장이었다. 양저우 땅의 아름다운 수서호瘦西湖에 세워진 대홍교大虹橋, 그 다리를 찾아 찬미한 시詩만도 7000편이 넘었는데, 여기서 시인은 다리를 무지개로 보았다.

그것이 역사의 현장이나 전쟁의 무대, 아니면 고즈넉한 풍경의 한 장면이건 멀리 바라보이는 다리가 정겹다. 그 다리 난간에 걸터앉아서 해가 저물도록 누군가의 귀환을 기다리고 싶다. 원나라 때 최고의 곡曲 작가인 마치원(馬致遠, 1250?~1321?)■은 〈가을 생각[秋思]〉이란 산곡散曲■■ 에 작은 다리를 중심으로 한 가을 황혼의 풍경을 그렸다.

앙상한 등나무, 고목, 저녁 까마귀　　　　枯藤老樹昏鴉

작은 다리, 개울, 민가　　　　　　　　　小橋流水人家

옛길, 하늬바람, 깡마른 말　　　　　　　古道西風瘦馬

석양은 지는데,　　　　　　　　　　　　夕陽西下

하늘가에 애타는 사람　　　　　　　　　斷陽人在天涯

—〈가을 생각〉

여기서 다리는 고즈넉한 가을 황혼의 풍경들 중심에 있지만, 주제 는 멀리 떠난 사람에 대한 그리움이다. 그렇다면 다리는 등나무, 까마 귀, 고목, 민가, 길, 말과 함께 그리움을 돋게 하는 조립에 지나지 않는 다. 문제는 다리가 주는 이미지다. 무엇인가 주고받고, 누군가 오고 가

■ 원나라의 잡극 작가. 격조 높은 세련된 문장으로 유명하며, 주요 작품에는 원나라 잡극 중에서 손꼽는 명작 〈한궁추漢宮秋〉 등 120수가 있다.
■■ 원·명대 가곡으로, 형식은 사詞에 가깝고 장단구長短句를 사용했으며 노래로 부를 수 있다. 빈 백(賓白, 대사)과 과개(科介, 동작)가 없어서 희곡과는 다르다. 금대金代의 민간 속요에서 기원했으므 로 지방 색채와 민간 풍격이 짙다.

는 바로 그 다리에 쌓인 사람들의 이야기 때문이다.

또 하나의 유명한 성당시인 장계張繼는 그 유명한 〈풍교에 정박하
곤〔楓橋夜泊〕〉으로 풍교와 한산사寒山寺를 세상에 알렸고, 거기서도 다
리를 중심으로 보이는 풍경을 소묘했는데, 다만 〈가을 생각〉보다 훨씬
저문 시간이었다.

달 지고 까마귀 울고 서릿발 가득할 제,　　　月落烏啼霜滿天

강둑의 단풍과 고기잡이의 횃불이

나그네와 함께 잠 못 이루네.　　　江楓漁火對愁眠

고소성 밖 한산사에서　　　姑蘇城外寒山寺

밤중 종소리가 뱃전을 두들기네.　　　夜半鐘聲到客船

─〈풍교에 정박하곤〉

풍교는 쑤저우 근교에 있는 풍진楓鎭에 있는 다리 이름이다. 남북을
관통하는 운하의 요지였다. 때마침 늦가을, 단풍에 서리는 내리는데
까마귀가 우짖고 달조차 기울었다. 이렇게 스산한 풍경을 흔드는 야반
의 종소리가 떨어져서 분위기는 무겁다. 다리는 이 모든 것들을 연출
하는 무대인 셈이다.

그래서 다리는 중국화의 단골손님이었다. 명나라 때 유명했던 화가

<hr>

■ 당나라 시인. 기행시를 많이 썼으나, 전쟁이나 민생에도 각별한 관심을 쏟았다.

172

〈방황공망산수仿黃公望山水〉, 주원周顥, 청. 다리는 사람과 사람을 잇고, 시간과 시간을 엮는다. 자연과 인위의 융합이자, 실용과 예술의 현장인 것이다.

심주(沈周, 1427~1509)■의 〈화제시畫題詩〉는 바로 전형적인 산수화의 구도요 소재다. 그중 다리가 역시 중앙에 자리하고 있다.

파란 물 붉은 산에 명아주 주렁 비칠 제	碧水丹山映杖藜
석양은 상긔 작은 다리 서편에 걸렸네	夕陽猶在小橋西
나직한 읊조림이 시내의 새를	
놀라게 할 줄이야!	微吟不道驚溪鳥
풍드렁 구름 속으로 날아들더니 짹짹 엄살떠네	飛入亂雲深處啼
―〈화제시〉	

골짜기에 작은 다리가 놓였고, 그 다리 난간에 석양이 걸렸는데 명아주 지팡이를 든 영감 하나 건너가면서 무심코 시를 읊은 것이다. 그 소리가 그만 새를 놀라게 했고, 새는 구름 속으로 도망치더니 짹짹 울더라는 이야기다. 여기 작은 다리도 결국 일장 청신한 연극을 올린 무대였던 것이다.

그러나 다리는 마침내 역사와 전쟁이 곤두박질하는 첨단적 현장이기도 했다. 두보가 시성詩聖답게 민간의 질고를 그린 최초의 악부시인 〈병거행兵車行〉이 그것이다. 그때, 당나라 황제였던 현종玄宗은 토번족

■ 명나라 때 문인화가. 산수·화훼花卉·금어禽魚를 즐겨 그렸으나, 특히 산수화에 뛰어나 남북의 화풍을 융합한 장중한 구성과 풍운風韻이 깃든 작품을 많이 남겼다.

174

吐藩族의 침략을 막기 위해 수십 만의 출병을 강행했다. 그 척박한 변경에 끌려가는 징용병이 울며불며 울음바다를 이룬 장안 밖 함양교咸陽橋 현장을 그린 것이다.

쿨렁쿨렁 달구지 소리, 우우 말울음.   車轔轔馬蕭蕭
병사들은 활과 화살을 허리에 맨 채   行人弓箭各在腰
부모와 처자들이 모두 배웅하느라,   耶孃妻子走相送
자욱한 먼지로 함양교조차 뵈지 않는다.   塵埃不見咸陽橋
출정 가는 사람의 옷을 잡고
발버둥 치며 길을 막거늘,   牽衣頓足攔道哭
애고에고 우는 소리, 하늘로 사무친다.   哭聲直上干雲霄
(……)
—〈병거행〉

바로 함양교는 현종 악정惡政의 쇼윈도로 변했다. 다리는 이렇게 때로 비극의 초점이기도 했다.

저녁노을 만학천봉을 유랑하는
기러기

봄의 전령이 제비이듯 가을에도 기러기라는 전령이 있다. 그래서 파란 물이 뚝뚝 떨어질 듯한 가을 하늘을 안공雁空이라 부른다. 그 하늘에 기러기는 살아 움직이는 그림이다. 더구나 저녁노을 만학천봉을 너울너울 날아가는 기러기는 시를 쓰는 생물이요, 한 폭의 그림이다.

옛날 한나라 중랑장中郞將이었던 소무蘇武가 흉노에 억류되었을 때, 그가 아직 살아있노라는 편지를 적어서 기러기 다리에 꽁꽁 묶어 한나라 궁궐로 띄워 보냈다는 얘기가 있는가 하면, 저들이 하늘을 날고 산 위를 날 때 형제처럼 사이좋게 짝을 짓는 항오行伍를 보이곤 한다. 그래서 편지를 안서雁書, 형제를 안항雁行이라 불렀다. 뿐만 아니었다. 저들의 어우러진 비상이나 항오, 그리고 혼자서도 당당한 비행의 덕성을 우애·절개·고고孤高로도 미화했다.

그러나 기러기의 형상은 가을, 그 한낮이 저무는 석양, 더러는 형제끼리 친구끼리 떼를 지어 만나지만 우리들 눈꺼풀에 찍힌 것은 외로운 기러기 그 한 마리였다. 그리고 기러기 한 마리와 그 자연배경은 일대 무한一對無限의 관계였다. 기러기 한 마리는 겨우 한 티끌, 한 점에 지나지 않는데, 그것이 나는 공간은 무한대의 만학천봉萬壑千峰, 그것도 저녁노을 아득한 황혼이었다.

기러기 오는 날은 물론 쓸쓸한 가을바람이었다. 당나라 유우석의 〈가을바람〔秋風引〕〉에서처럼.

어디서 가을바람이 올까?　　　　　　　　　何處秋風至

쏴쏴 기러기 떼 배웅하는 곳.　　　　　　　蕭蕭送雁群

아침 뜨락 나무에도 밀려오거늘,　　　　　朝來入庭樹

외로운 나그네가 맨 먼저 듣네.　　　　　　孤客最先聞

—〈가을바람〉

그런데 여기서 기러기 울음과 나그네의 관계가 열린다. 타관 땅 나그네에게 들리는 가을바람, 그리고 기러기 울음. 그것들이 한꺼번에 몰려오는 소재는 황량하고 광활했다. 왕유의 〈위척대부께 올리는 시〔奉寄韋大夫陟〕〉 등이 모두 그렇다.

황성은 저 혼자 쓸쓸해라,　　　　　　　　荒城自蕭索

만 리의 강산은 저토록 비어있고.　　　　　萬里山河空

하늘은 높고 가을은 휘휘한데,　　　　　　天高秋日廻

〈노안도蘆雁圖〉, 변수민邊壽民, 청. 가을 찬바람을 타고 기러기가 날아와 갈대숲에 모였다. 저녁 황혼에 사이좋게 일렬로 날아온 기러기는, 우애 넘치는 모습으로 시인들의 부러움을 샀다. 하지만 때로 홀로 남을 때면, 고독한 나그네를 상징하는 존재로 여겨지기도 했다.

끼루룩끼루룩 돌아가는 기러기.　　　　　　嘹嘹淚聞歸鴻

(……)

―〈위척대부께 올리는 시〉

쓸쓸한 강정 정자 아래로,　　　　　　寂寞江亭下

강기슭 단풍에 가을이 얼룩진다.　　　　　江楓秋氣斑

세정 어디라야 담박할까?　　　　　　世情何處淡

소상강 거긴 인적 드물어.　　　　　湘水向人閑

차가운 모래밭에 기러기 한 마리,　　　　寒渚一孤雁

붉은 노을은 천 만 개 봉우리마다,　　　　夕陽千萬山

조각배는 한 잎새 낙엽,　　　　　　片舟如落葉

이제 떠나면 언제 돌아올까?　　　　　此去未知還
―〈늦가을, 강정에서〔秋杪江亭有感〕〉

(……)

한 잎 낙엽은 반딧불과 나란히 날고,　　　一葉兼螢度

한 송이 구름은 기러기를 데리고 온다.　　孤雲帶雁來
―〈만년성관원의 숙직시에 화답하며〔和萬年成少府寓直〕〉

　　여기에 절록한 세 편에 공통된 것은 '고독한 주제, 기러기와 무한대
의 자연배경, 산과 강의 대조' 구도다. 곧 차가운 모래밭에 기러기 한

마리와 천 만 개 봉우리마다 타오르는 낙조. 그리고 반딧불과 낙엽, 한 송이 구름과 한 마리 기러기를 한 가지 눈높이에 놓고, 원근遠近과 동정動靜을 대조시킨 것은 매우 심미적이다.

그러나 시인의 가슴속 기러기는 '타관을 떠도는 외로운 기러기'다. 심지어 기러기는 어디서나 만나지만 《당시삼백수唐詩三白首》 중 최도(崔塗, ?~901?)의 〈외로운 기러기[孤雁]〉만큼 선명하게 처절한 것도 없다.

줄줄이 모두 돌아갔지만　　　　　　　幾行歸去盡
그대 혼자 어디로 갈 셈인가?　　　　片影獨何之
저녁비에 끼릭끼릭 짝을 찾다가　　　春雨相呼失
쌀쌀한 연못으로 호젓이 날개 접는다.　寒塘獨下遲
물가 나즉한 구름을 살며시 건너면,　渚雲低暗渡
변새에 걸린 달이 아련히 따라온다.　關月冷遙隨
가다가 설마 쏜 살을 만나련만　　　未必逢矰繳
혼자서 날며 혼자 두근거린다.　　　孤飛自可疑
　—〈외로운 기러기〉

짝을 잃고 혼자 낙오된 뒤, 찬비 내리는 어두운 연못에 남몰래 투숙하다가는 다시 위기 속으로 감행하는 숙명을 그렸다. 기러기를 빌려 한평생 표박했던 자신의 신세를 암시했다. 기러기를 빌린 인생투사人生投射는 중국 시인들의 처방일지도 모른다.

보게나! 송나라 큰 시인 소식 또한 〈아우에게 주는 화답시〔和子由澠
池懷舊〕〉에서 정처 없이 표박하는 인생행로를 눈 위에 찍힌 기러기의
발자국에 비유했지 않는가?

인생 떠도는 일, 뭐라 하렴?	人生到處知何似
기러기, 눈밭에 발자국 남기기 같아.	雁似飛鴻踏雪泥
어쩌다 눈밭에 발자국 남긴 뒤	泥上偶然留指瓜
어찌 알랴! 동으로 갈지 서로 갈지.	鴻飛那復計東西

(……)
―〈아우에게 주는 화답시〉

기러기는 눈밭에 발자국을 남길 때, 정녕 다시 오기 위한 표적이었
건만 바람이 불면 그만 눈에 덮히거나, 눈이 녹으면 자취조차 없어지
는 걸. 그렇게 사라지는 자국을 사람들은 비석처럼 공훈처럼 여기며,
스스로를 위안했을지 모른다.

소록소록 가을비에 지친 말, 여물 씹는 소리
가을밤 소리

우리가 젊었을 적, 누구에게나 "깊어가는 가을밤에, 낯선 타향에…" 하는 외국 가곡을 흥얼거리며 눈시울을 적셨던 기억이 있었다. 그만큼 가을밤은 눈물주머니 풀기에 좋았다. 어느 계절, 어느 밤인들 소리가 없으랴만 웬일일까? 가을밤 그 밤에 은은하게 들리는 소리 소리들이 우리의 애를 태웠다.

더구나 가을밤 달빛 속 고요한 누리에 들리는 소리는 저마다 커다란 그림들을 달고 있다. 처음에는 귀로 들리지만 차츰 마음으로 보고 마음으로 잡힌다. 자연과 자연의 어울림으로부터 자연과 인간의 부딪힘, 이윽고 가을밤에 벌어지는 인간만의 향연, 그것들이 연거푸 들리고 있다.

가을밤이면 귀를 기울이지 않아도 들리는 소리가 있다. 기러기와 까마귀, 오동잎과 단풍잎, 그것들이 날고 떨어지는 소리가 있다. 그중에도 오동잎 떨어지는 소리나 북녘에서 돌아온 기러기 소리는 전혀 낯

설지 않다.

북송 때 회음(淮陰, 지금의 장쑤성 칭장淸江) 사람, 소동파의 제자라서 '소문사학사蘇門四學士'의 하나로 꼽힌 장뢰(張耒, 1054~1114)가 그 만년에 쓴 〈가을밤에 앉아서[夜坐]〉에선 파르르 땅에 나부끼는 오동잎 소릴 듣고, 그걸 오동잎이 질 때 스스로의 연민으로 풀이했다.

비인 뜨락에 휘영청 달만 밝아,   庭戶無人秋月明

서리 내릴까? 하늘이 저토록 맑거늘. 夜霜欲落氣光淸

오동은 지는 일 달갑지 않아선지, 梧桐眞不甘衰謝

바람에 서너 잎 파르르 지는 소리. 數葉迎風尙有聲

　　　 ─〈가을밤에 앉아서〉

남송 때, 최고의 애국시인 육유. 만 편에 가까운 다작 시인임에도 그 주제는 우국憂國이 절반. 그의 나이 쉰여덟 때, 금나라 침략군을 쫓지 못한 채, 사람은 늙고 가을은 깊어간다. 그러다 모처럼 고향 포구에 배를 댔을 때, 때마침 북녘서 돌아온 기러기 울음. 장지(壯志, 마음에 품은 장한 뜻)는 어디 갔는지 이토록 말랑말랑한 시를 남겼다.

내 한 몸 나라 바쳐 만 번 죽어 마땅치만, 一身報國有萬死

귀밑머리 하얀 머리칼은 다시 푸르지 못해 雙鬢向人無再靑

여기 강마을은 언젠가 배를 맸던 곳, 記取江湖泊船處

누워 있으면 찬 물가서 끼릭끼릭 새 기러기   臥聞新雁落寒汀

—〈밤에 물가에 자면서〔夜泊水村〕〉

하나는 앉아서 듣고 하나는 누워서 들었다. 한결같은 것은 모두 상실이다.

이번에는 자연 속에서 듣는 인간의 발성이다. 역시 두 편을 골랐다. 하나는 가을밤 단풍의 불길 속에 사람이 두들기는 종소리요, 하나는 어스름 달밤, 뽀얀 물안개 속에 여자가 부르는 노랫소리다. 두 편이 모두 명작이다. 중국에서 중학교쯤 다니면 누구나 줄줄 외는 명작이다.

하나는 중당 때 장계의 작품으로 '한산사寒山寺' 시로 더 유명한 〈풍교에서 정박하곤〉(172쪽 참조)▪이요, 하나는 만당晚唐 때 두목의 작품으로 '진회강秦淮江' 시로 알려진 〈진회강에 정박하곤〔泊秦淮〕〉이다.

찬 강물에 뽀얀 안개, 흰 모래에 환한 달빛,   煙籠寒水月籠沙

진회강가의 주막 옆에 배를 맸네.   夜泊秦淮近酒家

가녀歌女는 세상 슬픈 줄 모르고,   商女不知亡國恨

강 건너 아직도 노랫가락에 목이 쉬네.   隔江猶唱後庭花

—〈진회강에 정박하곤〉

▪ 달 지고 까마귀 울고 서릿발 가득할 제, 月落烏啼霜滿天 / 강둑의 단풍과 고기잡이의 횃불이 나그네와 함께 잠 못 이루네. 江楓漁火對愁眠 / 고소성 밖 한산사에서 姑蘇城外寒山寺 / 밤중 종소리가 뱃전을 두들기네. 夜半鐘聲到客船 //

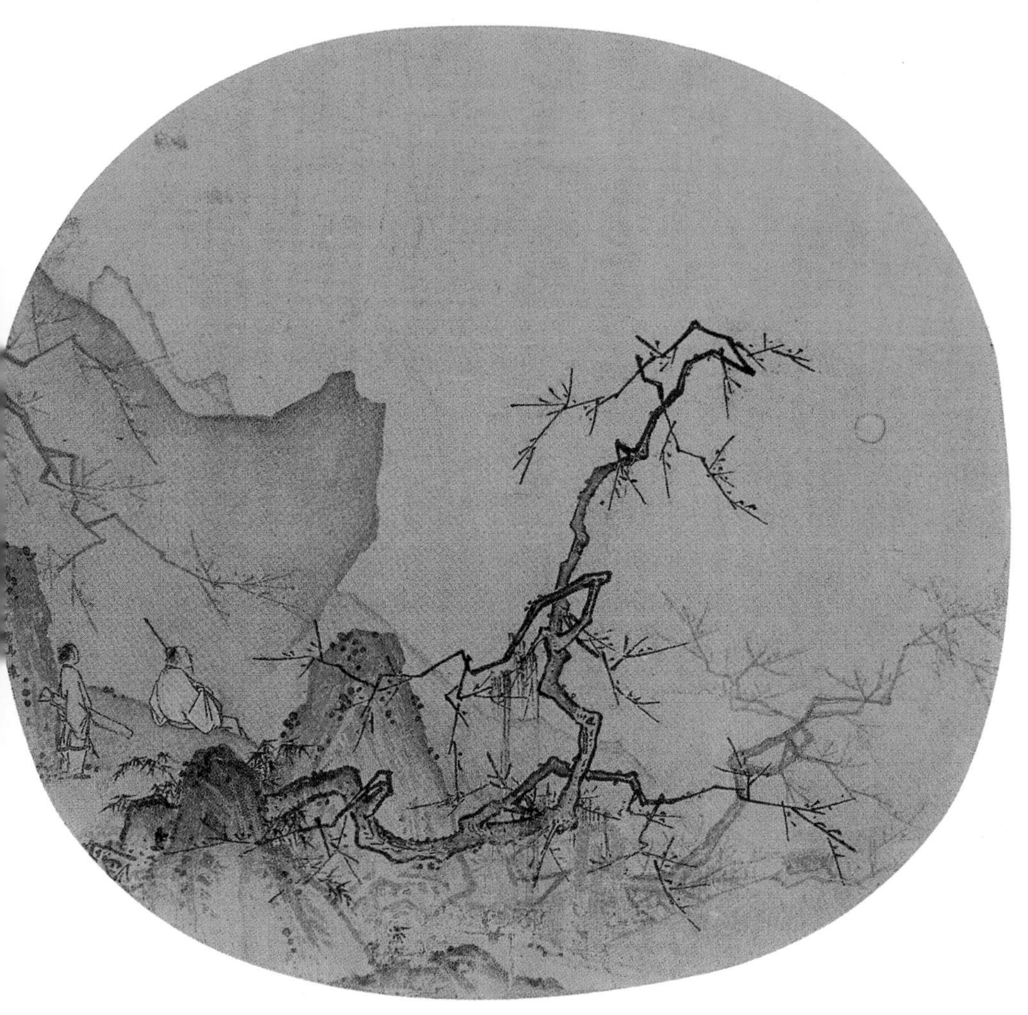

〈월야상매도月夜賞梅圖〉, 마원馬遠, 남송. 두견새 울고 찬바람이 부는 가을밤이면 잠들지 못하는 이들이 참 많다. 그림 속에서도 불면을 이기지 못한 한 사내가 언덕 위에 앉아 매화 가지 사이로 보이는 보름달을 본다. 보자기에 싼 악기를 든 동자가 조용히 그 뒤를 따른다. 달빛 속에서 누구를 떠올리고 있을까.

두 편이 모두 가을밤, 객선에서 쓰였다. 하나는 쑤저우의 풍교에서, 하나는 난징南京의 진회에서, 그 두 곳은 지금도 시가지에 속한다. 다만 하나는 이름 있는 사찰 옆이요, 하나는 시끌벅적한 저자 속이다. 하나가 고즈넉한 시간과 가을이 무르익는 공간이라면, 하나는 안개 자욱한 밤이로되 노래와 술기운이 질펀한 향락가라는 점이 대조적이다. 풍교에서는 육신과 영혼을 깨우치는 종소리를 듣지만, 진회강에서는 나라와 인간이 문드러지는 퇴폐를 보여준다.

하지만 두 편 모두 아름답다. 단풍이 강물에 내려와서 불타는가 하면 안개와 달빛, 물과 모래가 몽몽롱롱하게 범벅이 되어 꿈결을 만들고 있다. 그런데 그 속에서 더구나 야반에 들리는 소리가 양극을 이루었다. 종소리와 노랫소리.

이번에는 깊어가는 가을밤에 무성無聲의 소리에 귀를 열고 마음을 여는 순서다. 역시 두 편을 골랐다. 하나는 빗소리 들으며 아내를 그리고, 하나는 역시 빗소릴 들으며 말이 여물을 씹는 소리를 듣는다. 둘 모두 나그네의 시름이다. 하나는 타관에 살고, 하나는 주막에 머물며 그렇게 잠을 이루지 못하고 있다.

만당 때 모더니스트였던 이상은이 한 평생 당쟁의 물살을 타고 사방을 떠돌다가 그 말년 재주(梓州, 지금의 쓰촨성四川 지역)의 군부에서 일하던 대중大中 5년(851), 그의 고향 하내(허난성河南省 황허 이북以北 땅)에 두고 온 아내를 그리다 쓴 〈밤비 들으며〉(75쪽 참조)▪, 그리고 북송北宋 후기 앞의 장뢰와 함께 '소문사학사蘇門四學士'▪▪의 하나였던 조보지(晁

補之, 1053~1110)의 아버지인 조단우晁端友가 그의 고향 산둥 제주땅 어느 주막에서 쓴 〈제주 서문 밖 주막에 묵으며〔宿濟州西門外旅館〕〉가 그것이다.

저녁놀 한 숲에 둥지 찾는 까마귀,	寒林殘日欲栖烏
벽에는 가물가물 작은 호롱불	壁里靑燈乍有無
소록소록 가랑비에 졸고 있을 때,	小雨惛惛人假寢
누워서 지친 말 여물 씹는 소릴 듣는다.	臥聽疲馬齧殘芻

　　―〈제주 서문 밖 주막에 묵으며〉

파산 연못에 가을비가 불 때, 절절하게 아내가 그리웠다. 하지만 어느 날인가 그 내외가 만나 그 밤 슬펐던 얘기를 나누리라 기다리지만, 머지않아 이상은은 아내를 저승으로 보낸다.

조단우는 비록 문명文名이 그 아들에게도 미치지 못하지만 이 절품을 남겼다. 고향에 있어도 주막 신센데 가물가물 호롱불에 잠 못 이룰 때, 문득 들리는 자기의 지친 말, 그 여물 씹는 소리, 사그락사그락.

연못에 떨어지는 가을 빗소리와 지친 말 여물 씹는 소리, 그것들은

■ 그대는 나더러 언제 오느냐 묻지만 君問歸期未有期 / 파산엔 가을비 추적추적 밤 못을 불리네. 巴山夜雨漲秋池 / 어느 날 그대와 서창에 앉아 심지 돋우며 何當共剪西窓燭 / 오늘밤 파산의 밤비 듣던 얘기 다시 하리요? 却話巴山夜雨時 //
■■ 중국 북송 때의 시인인 소동파 문하의 4학사. 황정견黃庭堅, 진관秦觀, 장뢰, 조보지를 꼽는다.

가늘어도 속살을 뚫는다. 그것들은 혼자 깨어있을 때만 들린다. 영혼
의 흐름을 좇는 사람이 아니면 듣지 못하는 것이다.

신선이 옷 벗고 두 다리 뻗는다
소나무

우리가 한평생 불렀던 애국가 "남산 위의 저 소나무"는 겨레의 기상으로 가슴에 박혀있고, 우리가 어려서 불렀던 동요 가운데 〈소나무〉가 있듯, 소나무는 우리와 함께 사는 수호신이었다. 우리에게 소나무는 한낱 식물이 아니었다. 우리 마을의 품격이나 지조였고, 자연 속에 청고한 미美였다. 식물의 세계 속에서도 매·난·국·죽 등 사군자의 덕성을 집대성한 데다, 낙락장송으로 장생불사하여 진정한 만수지왕萬樹之王으로 불릴만했다.

보면 졸박하고 완고한데다 왜곡하고 지둔하지만 풍우에 불굴했고 세월에 불감했다. 그래서 수천 그루의 요염한 화초보다 한 그루 꾸부정한 우리 조선 소나무를 긍지로 알았다. 중국도 마찬가지였다.

한말漢末 때의 사람으로 '건안칠자建安七子'▪의 하나였던 유정(劉楨, 170?~217)은 기세당당한 시풍으로 한 시대를 주름잡았다. 〈저 꼿꼿한 소나무야〔亭亭山上松〕〉가 대표적이다.

낙락타! 산 위의 소나무,   亭亭山上松

소슬타! 골짜기 바람.   瑟瑟谷中風

왜 그리 바람은 웅웅거리고   風聲一何盛

왜 그리 가지는 앙칼진고!   松枝一何勁

얼음 서리에 한창 비장하시반   氷霜正慘愴

죽는 날까지 늘 단정하여라.   終歲常端正

어찌 혹한이 무섭지 안 하랴만   豈不罹凝寒

송백에게는 바탕이 있느니라.   松柏有本性

—〈저 꼿꼿한 소나무야〉

벌써 1800년 전, 소나무의 탈속성, 내한성, 불변성, 고오성高傲性, 본분성 등의 미덕을 찬송했다. 물론 소나무만의 찬미가 아니었다. 그 속에는 특정한 사람이나 특정한 인격이 대입되거나 상징화되었다.

이로부터 소나무의 송시는 꼬리를 물었다. 대체로 그 미덕을 노래했지만 소나무와의 외계外界 관계로도 발전했다. 그 한 예로 만당 때 시인 성언웅成彦雄의 〈소나무[松]〉를 들겠다.

대부의 명성은 고금이 한 가지,   丈夫名價古今聞

■ 후한後漢 말기(196~220)에 위魏의 무제武帝 조조曹操 부자父子를 중심으로 모인 문학 동호인. 노국魯國의 공융孔融, 광릉廣陵의 진림陳琳, 산양山陽의 왕찬王粲, 북해의 서간徐幹, 진류陳留의 완우阮瑀, 여남汝南의 응창應瑒, 동평東平의 유정, 이렇게 7명이다.

〈창송괴석도蒼松怪石圖〉, 이방응李方膺, 청. 비바람에 굴하지 않고 세월이 흘러도 푸름을 잃지 않은 소나무. 많은 이들이 소나무에 자신을 빗대 지조와 절개를 노래했다.

꼬불꼬불하지만 외로운 지조로 더욱 빼어났어라.　　盤屈孤貞更出群

누군가 산 꼭지에서 할 일 없이 쉬리라 했지만,　　將謂嶺頭閑得了

석양에도 몇 가지엔 구름을 달고 있네.　　夕陽猶掛數枝雲

　―〈소나무〉

소나무를 대부로 관작官爵시하거나 소나무의 여러 덕성을 미화하기는 송나라 때도 마찬가지였다. 북송 초기의 시인 이사중李師仲의 〈소나무〉가 그렇다.

절반쯤 바위 틈새에 절반쯤 구름 끝에　　半依嵒岫倚雲端

낙락장송 혼자 솟아 추위를 견딘다.　　獨上亭亭耐歲寒

오직 한 가지, 청고한 지조를 망친 것은　　一事頗爲淸節累

진시황 때 대부란 벼슬을 봉했기 때문.　　秦時曾作大夫官

　―〈소나무〉

여기서는 소나무의 내한과 고오를 미화하면서도, 그 고결한 자연미에 하필이면 인간세계의 관작을 봉했을까 풍자했다. 바로 진시황이 태산에 오를 때 때마침 내리는 폭우를 어느 소나무 아래서 대피한 뒤, 그 소나무를 '오대부五大夫'로 봉한 사실을 떠올렸다. 하긴 우리 속리산에도 정이품을 증여받은 소나무가 있었다.

그러나 소나무는 자연으로 돌려주어야 한다. 그 자연 속에 견지하는 독특한 미를 조명해야 한다. 바로 고고미孤高美다. 그 외로움은 자연 배경 속에 미의 초점이 된다. 그 초점은 중당의 시인 시견오(施肩吾, 815년에 급제)의 〈가을밤 산중에서〔秋夜山居〕〉에 잘 나타나있다.

기러기 멀리 사라지고 사람들 말소리 끊긴 뒤	去雁聲遙人語絶
탁! 탁! 뉘 집에서 흰 베 짜는 소리.	誰家素機織新雪
가을 산 나그네 술이 깨일 때,	秋山野客醉醒時
백 척 노송은 반달을 물고 있네.	百尺老松銜半月

—〈가을밤 산중에서〉

참으로 감각적이다. 앞에서는 소리로 적막을 알리더니 뒤에서는 시각으로 표현했다. 기러기, 사람, 베틀소리로 가을밤은 깊어가는데, 때마침 술에서 깨인 나그네. 노송이 달을 물고 성큼 서있다. 노송의 갈라진 껍질, 바늘만 한 잎새 하나하나가 보이는 듯하다. 그렇게 슬픈 달빛이 젖어있다.

노송은 갈수록 미의 초점이 되었다. 그것은 기발奇拔했다. 원元나라 때 원사가元四家＊로 꼽힌 화가 오진(吳鎭, 1280~1354)＊＊의 〈벼랑에 선 소나무〔懸崖松圖〕〉다. 그것은 그의 그림을 능가할 만큼 절품이다.

＊ 황공망黃公望, 예찬倪瓚, 왕몽王蒙, 오진을 가리킨다.
＊＊ 원나라 화가. 산수화와 사詞, 초서草書에 뛰어났다. 작품으로 〈가화팔경도嘉禾八景圖〉, 〈어부도漁父圖〉 등이 있으며, 저서에 〈묵죽보墨竹譜〉, 〈문호주죽파文湖州竹派〉, 〈매도인유묵梅道人遺墨〉 등이 있다.

꿈틀거리며 꼬부라지며 가을이 버겁거늘　　　　　偃蹇支離不耐秋

흔들바람, 뿌린 비는 언제 그칠까?　　　　　　　搖風灑雨幾時休

몸을 돌아서면 바로 청산의 꼭지,　　　　　　　轉身便是靑山頂

또 천길 벼랑이 머리맡에 솟구쳤네.　　　　　　又有縣崖在上頭

　　—〈벼랑에 선 소나무〉

천길 벼랑에 기적적으로 기생하는 소나무의 생명력이 마지막 숨결
인양 들려온다. 내침 김에 노송의 찬송을 하나 더 들어보자. 청나라 시
인이요, 화가인 모기령(毛奇齡, 1625~1716)■의 〈노송도축老松圖軸〉을.

신선이 옷을 벗고 두 다리 뻗은 채,　　　　　　仙人解衣自盤磚

붓끝에는 자유로운 조화와 우주의 출입.　　　　造化出入秋毫端

천 길 높은 가지는 은하수를 떨치고,　　　　　　枝柯千籟拂層漢

만학 울리는 생황은 급류하는 여울.　　　　　　笙仰萬壑鳴驚湍

　　—〈노송도축〉

여기서 노송은 도사나 신선으로 둔갑한다. 천지조화를 이루는 화가
의 솜씨로도 다가온다. 그래서 하늘을 어루만지고 여울을 흘려보내고

■ 청나라 학자. 한림원翰林院에 재직했으며 명사明史 편찬에 참여했다. 양명학의 영향을 받았으나
고증학考證學을 좋아하여, 경학經學, 역사, 지리 등에 관한 많은 저술을 남겼다.

그런 무한의 힘 속에 소나무는 우뚝 서있다. 문득 천하의 명산, 황산이 떠오른다. 황산의 랜드마크인 바로 벼랑에 선 영일송迎日松이.

어옹은 혼자 사계를 낚는다
강 위에서

졸졸 흐르는 샘물이 생명의 약동이라면, 망망한 바다, 출렁이는 파도는 호연지기다. 그런데 사람들이 모여 사는 촌락 그 가운데를 흐르는 강은 우리에게 힘을 준다. 기쁘거나 슬프거나 강과 함께 산다는 말이다. 더구나 철 따라 그 감성이 다르다.

봄은 어떻게 강을 걸어올까? 당장 떠오르는 명시가 있다. 당나라 때 전원·산수시인으로 이름이 높았던 위응물의 〈저주의 서간에서〉(73쪽 참조)▪을 들겠다. 위응물이 저주자사에 부임했다가 2년 만에 사직당하고 가난 때문에 훌쩍 떠나지 못한 채, 그곳 서간에 잠시 빌려 살던 784년에 쓴 작품이다.

풀은 돋고 꾀꼬리 울어, 생기 점점 퍼지는데, 봄비를 몰고 밀물이

▪ 파릇파릇 냇가에 뾰족한 야생초, 獨憐幽草澗邊生 / 깊숙한 나무 위 노리끼리 꾀꼬리. 上有黃鸝深樹鳴 / 밀물에 비가 뿌리는 어스름 저녁, 春潮帶雨晚來急 / 나루터엔 사람 없이 배만 혼자 철커덩. 野渡無人舟自橫 //

쏴아 몰려오고 아무도 없는 나루터에 조각배가 매인 채 비껴있는 그림이다. 미미한 약동으로부터 비·썰물에 이르기까지 봄은 생기발랄한데, 나루터에 저 혼자 비껴있는 조각배 때문에 불현듯 정지된 느낌이다. 그리고 고독이 밀려온다. 만물은 소생해도 인간은 고독을 떨치지 못한다.

여름에는 강이 살찌지만 늘 장마에 혼탁하다. 그래서인지 여름 강을 쓴 명작이 드물다. 상대적으로 가을 강을 쓴 명작은 풍성하다. 그중에도 성당 때 전원파의 대표시인 맹호연의 〈건덕강에 자면서〔宿建德江〕〉를 꼽는다. 중년까지 고향의 녹문산鹿門山에 은거했던 시인이 나이 마흔이 넘어서야 장안을 들락거렸지만, 벼슬 한 장 얻지 못한 채 오월吳越 땅을 떠돌던 어느 해, 세상에 명산이라는 황산 그 물이 고인 건덕강에서 마침내 이 시를 얻어 그의 이름을 썩지 않게 했다.

안개 자욱한 나룻가에 배를 매고,	移舟泊煙渚
어스름 저녁, 새록새록 집 생각.	日暮客愁新
아득한 들녘, 하늘이 나무에 내려앉고,	野曠天低樹
맑은 강물, 달님이 사람 곁에 다가온다.	江清月近人

　　―〈건덕강에 자면서〉

건덕강은 황해로 가면서 푸춘 강富春江, 첸탕 강錢塘江으로 불리고 아름다운 항저우를 지나간다. 건덕강은 1950년대에야 지금 보를 막아

〈동정어은도洞庭魚隱圖〉, 오진吳鎭, 원.
강기슭에서 저만치 떨어진 강 위에
한 어부가 노를 젓고 있다. 육지와
거리를 둔 모습이 쓸쓸하면서도 묘
한 평화로움을 띠고 있다. 그가 먼지
자욱한 세상과 멀리 떨어져 강 위에
홀로 남은 데는 그만한 사연이 필히
있었으리.

물이 흥건하다. 옹기종기 산들이 섬으로 돌아 천도호千島湖로 불린다. 거기 달밤에 서보아라. 물속에 달이 있고 달은 사람을 따라온다.

그런데 송나라 왕안석의 〈강상江上〉은 후련하게 열려있다. 하늘은 찡그리고 비구름이 서성거려도, 그렇게 기개가 보이고 전도가 창창하다. 똑같은 가을일지라도 시인의 가슴에 따라 뵈는 게 다르다.

강북 가을 하늘은 절반쯤 흐렸거늘　　　　江北秋陰一半開
비를 머금은 저녁 구름 낮게 서성인다.　　晚雲含雨却低徊
청청한 청산, 어떡하나 길이 없으면　　　　靑山繚繞疑無路
문득 두둥실 몰려오는 돛대 돛대들.　　　　忽見千帆隱映來
　―〈강상〉

겨울은 강마다 얼어붙는 고절孤絶의 상태. 빙천설지는 은백의 일색. 세상이 모두 멈추고 모두 부재할 때 한 사람을 돌출시키는 명편이 있다. 중당 때 산수시인 유종원의 〈강설〉(143쪽 참조)▪이 그것이다. 천산 만경 그 천지 속에 영감 하나. 그는 강설을 낚고 있다. 두꺼운 얼음을 깨고 파드득 붕어를 낚아 올리는 것은 몹시 냄새스러운 짓거리다.

또 하나가 있다. 성당 때 시성 두보의 〈밤배〔旅夜書懷〕〉가 있다. 두보

▪ 천산에 새 끊기고 千山鳥飛絕 / 만경에 사람 그림자 하나 없네. 萬徑人蹤滅 / 조각배에 우장 삿갓 쓴 영감 孤舟蓑笠翁 / 혼자서 차디찬 강눈을 낚네. 獨釣寒江雪 //

가 54세 때, 친구 엄무嚴武에 업혀 그렁저렁 살다가 그마저 죽자, 마침
내 성도成都를 떠나 양쯔 강 돛배에 몸을 싣는다. 지금 충칭重慶을 지나
고 운안(雲安, 지금의 윈양雲陽)쯤 와서 잠시 어정거릴 때, 바로 가을에
쓴 글이다.

가는 풀 산들바람 강기슭에	細草微風岸
높은 돛대 혼자서 밤배에 누웠다.	危檣獨夜舟
별들이 들에 내려 별 밭을 일구고	星垂平野闊
달님이 따라 내려 강물에 출렁인다.	月湧大江流
글 지어 얻은 이름 얼마나 가랴!	名豈文章著
늙고 병들어 벼슬조차 던지련다.	官因老病休
훨훨 나부끼는, 나는 무엇일까?	飄飄何所似
천지를 떠도는 물새 한 마리	天地一沙鷗

　　―〈밤배〉

　　앞에서는 불특정한 어옹을 그렸지만 뒤에서는 한 마리 물새 같은
두보 자신을 그렸다. 모두가 강을 무대로 외로운 조각배에 목숨을 걸
었다. 그 배경은 모두가 무한대다. 천산, 만경이 아니면 별이 드리운
평야나 달이 출렁이는 강물이다. 그러한 무한대에서 어옹의 우장 삿갓
이나 물새 한 마리는 곧 글 속의 주인공이다.
　　그래서 사람은 강에서 슬프다. 작은 좁쌀처럼 둥둥 떠서 흐르다가

어느 날 보이지 않는 그러한 존재인 것을. 2500년 전의 공자도 강가에 앉아서 "가는 것은 저럴진저" 하고 비탄했던 것이다.

세월은 갈 곳 없이 우수수 지고
낙엽

떨어지는 꽃을 아쉬워하는 사람은 어김없이 떨어지는 잎새를 아쉬워한다. 낙엽은 낙화와 함께 삼덕三德을 지니고 있어서다. 때가 되면 스스로 나무를 하직하는 겸손에다, 떨어질 때면 땅을 가리지 않는 소탈, 그리고 썩어도 짐승처럼 누추하게 문드러지거나 악취를 풍기지 않고 기껏해야 푸석푸석 먼지 되어 흙 속으로 숨어버리는 결벽이 있다.

낙엽의 형상도 여러 가지다. 한잎 두잎 시나브로 나부끼는 표일형, 바람을 타고 거리를 뒹구는 질주형, 심산유곡深山幽谷과 천리광야千里廣野를 휘몰아 오는 광풍노도형, 그 모두가 내게는 마력이다.

표일형은 가냘픈 여인상이지만, 질주형이나 광풍노도형은 거친 남성상이어서 좋았다. 그러나 무엇보다 낙엽은 천하의 가을을 알리는 전령이다. 그 전령이 맨 처음 시에 올라 인구에 회자된 것은 한무제 유철(劉徹, 기원전 140~187)의 〈추풍사秋風辭〉에서였다. 그것은 뜻밖이었다. 한漢나라의 판도를 파밀고원과 요동반도까지 넓힌 한무제의 손끝에서 쓰였다니 말이다. 그 첫 구절이 이러했다.

가을바람이 일었구려! 흰 구름이 날고,　　　　　　秋風起兮白雲飛

초목들이 누렇게 지는구려!

기러기는 남쪽으로 날고.　　　　　　　　　　　　草木黃落兮雁南歸

가을바람이 일자, 흰 구름과 기러기가 날고 초목이 누렇게 떨어진다는 묘사가 너무나 상투적이지만, 하동河東땅을 행차하면서 후토后土에게 제사를 올린 뒤, 무심코 고개를 든 황제에겐 경이롭고 순수한 발견이었을지 모른다. 무쌍의 권좌와 절대의 영락이 교차되는 찰나다. 그래서 황제는 슬픔을 가누지 못했다. 낙엽이 황제를 울릴 줄이야!

가을바람은 또 다른 황제를 울렸다. 한무제로부터 300년 뒤인 위문제魏文帝 조비曹조가 썼던 〈연가행燕歌行〉에서였다. 역시 첫 구절이다.

가을바람 소슬한데 날씨가 싸늘해,　　　　　　　秋風蕭瑟天氣凉

초목은 우수수 지고, 이슬이 서리되는구나.　　　草木搖落露爲霜

역시 가을바람, 낙엽, 서리 등 상투적인 가을 기색이다. 중랑中郎이란 무관 신분으로 전방에 나갔을 때, 조비는 거기 삭풍이 몰아치는 최전방 연지燕地에서 인생과 정치, 전쟁 그 모두를 발견했을지 모른다. 쫓고 쫓기는 어느 순간, 조비의 눈과 맞닥뜨린 낙엽과 서리, 그로부터

조비는 독수공방하는 아낙과 잠 못 이루는 달빛들로 연결된다. 그렇다면 낙엽은 한무제나 위문제에게 국가와 사회, 가정과 나를 발견케 하는 서곡이요, 호각인 것이다.

낙엽은 모처럼 존재를 확인시킨다. 산야를 떨어뜨리고 친구도 떨어뜨린다. 온 천지의 낙엽더미에서 자기를 발견한다. 그래서 왕유는 그 황량 앞에 소리를 죽인다.

황성은 저절로 쓸쓸해라,	荒城自蕭索
만리의 강산은 저토록 비어있구나.	萬里山河空
하늘은 높고 가을은 휘휘한데,	天高秋日洞
끼루룩끼루룩 돌아가는 기러기	嘹唳聞歸鴻
차가운 연못에는 시든 풀잎들,	寒塘映衰草
높다란 추녀가에 오동잎 진다.	高館落疏桐
바야흐로 이 해는 저물고	臨此歲方晏
스산한 풍경에 슬픈 영감은,	顧景詠悲翁
친구조차 보이지 않거늘.	故人不可見
여기 평림땅 동녘은 쓸쓸해라!	寂寞平林東

—〈위척대부께 올리는 시〉

〈단풍유록도丹楓呦鹿圖〉, 작가미상, 오. 가을을 찬란하게 물들이는 낙엽은 황제에게는 삶의 무상함을, 시인에게는 고독을, 벼슬아치에게는 냉철한 이성을 찾아준다.

온 시에 젖어있는 것은 적막뿐이다. 끝내 그 황량 속의 늙은이, 곧 자기에게 앵글을 맞춘다. 그러나 친구조차 보이지 않는다고. 선경禪境을 잘 묘사했던 왕유답게 우릴 자연의 형장刑場으로 데리고 간다(177쪽 참조).

왕유의 낙엽이 평면적이고 정태적이라면 황정견(黃庭堅, 1045~1105)■의 낙엽이나 시성 두보의 낙엽은 입체적이고 동태적이다. 두 사람 모두 높은 곳에 올라, 우수수 쇄락하는 만학천봉과 출렁이는 만리장강을 동시에 굽어보는 장쾌한 시각을 지녔다. 바로 황정견의 〈쾌각에 올라〔登快閣〕〉과 두보의 〈누대에 올라〔登高〕〉다. 모두 대표작인데, 그중 〈누대에 올라〉는 고금 칠언율시七言律詩 중 으뜸으로 친다.

소관이 조정 일 마치고 나면,	癡兒了却公家事
쾌각 동서로 노을이 번진다.	快閣東西倚晚晴
산마다 나목, 하늘은 더욱 멀고	落木千山天遠大
강물은 한 줄기, 달빛에 더욱 희다.	澄江一道月分明
거문고 줄은 그대를 위해서 끊었지만,	朱絃已爲佳人絶
푸른 눈빛은 술을 따라 좇아간다.	靑眼聊因美酒橫
만 리 떠나는 배, 붕— 고동 소리에	萬里歸船弄長笛

■ 송나라 시인. 고전주의적인 작풍을 지녔으며 학식에 의한 전고典故와, 수련을 거듭한 조사措辭를 특색으로 한다.

내 마음은 갈매기 따라 함께 간다.　　　　此心吾與白鷗盟

　―〈쾌각에 올라〉

　황정견이 36세(1080), 그의 고향에서 멀지 않은 길주吉州 태화太和지사로 벼슬할 때, 쾌각이라는 정자에 올라 감강贛江을 굽어보면서 쓴 작품이다.

세찬 바람, 높은 하늘, 슬픈 원숭이,　　　風急天高猿嘯哀

말간 물가, 하얀 모래, 떠도는 새.　　　　渚淸沙白鳥飛廻

끝없는 나무 우수수 지고,　　　　　　　無邊落木蕭蕭下

끝없는 장강 출렁 흐른다.　　　　　　　不盡長江滾滾來

만 리에 슬픈 가을, 오나가나 나그네,　　萬里悲秋常作客

한평생 병골 약질, 혼자 오른 누대여!　　百年多病獨登臺

설움과 한으로 귀밑머리 세는데　　　　艱難苦恨繁霜鬢

신병으로 술마저 끊을 수밖에.　　　　　潦倒新停濁酒盃

　―〈누대에 올라〉

　두보가 56세(707년). 양쯔 강 삼협三峽의 중간 지점으로 가장 험악한 구당협瞿塘峽에서 때마침 중양절, 높은 누대에 올라 쓴 작품이다.

　하나는 현역 벼슬아치요, 하나는 떠돌이에 병골이었다. 하나는 친구를 잃었지만 아직 술을 놓지 않았고, 하나는 설움과 원한으로 술마

저 끊은 뒤였다.

그러나 두 시에는 모두 소리와 색깔이 살아서 요란하다. 다만 황정견이 단조로운 뱃고동 소리만을 잡은 데 반해 두보는 바람 소리, 잔나비 울음, 낙엽의 질주성, 강물의 파도성 등 가위 만추의 교향곡이 마지막인 듯 휘몰러온다. 풍경도 마찬가지다. 황정견의 색깔은 단조롭게 무색이나, 두보의 것은 여러 색깔이 다발적으로 펼쳐지는 파노라마다.

두 편이 모두 낙엽을 소재로 생명의 소용돌이를 그렸다. 생명은 서리를 맞은 뒤 비로소 익는 것이다. 다만 황정견은 냉철을 지니려 애썼고, 두보는 소낙비처럼 정감을 죄 풀어놓았다.

달빛 아래

달은 우리 마음속에 높고 따뜻하다. 저 뜨겁게 눈부신 해를 보고 우는 사람이 있으랴만 달을 보고 울고불고 하는 사람은 너무 많다. 저 크고 밝은 해를 보고 우리들 나팔꽃은 시들지만, 저 작고 부연 달 밑에 나팔꽃은 싱싱하고 무럭무럭 키를 세운다.

달은 목숨을 기른다. 그리움도 기른다. 그 그리움은 고금도 없고 동서도 없다. 주전부리를 즐기는 꼬마들의 입이 이백을 노래하고, 거기 초가삼간에서 토끼를 본다. 그 달은 3000년 전 중국 진나라 사람 눈에도 둥실둥실한 것이 그리운 임의 얼굴이라 했다.

《시경》의 〈월출月出〉에서 그 모델이 보인다.

달이 훤히 떴네.	月出皎兮
둥실둥실 님처럼!	佼人僚兮
아련한 웃음으로 다가오지만,	舒窈糾兮

아흐 가슴이 아려!   勞心悄兮
　―〈월출〉

　3000년 전이나 지금이나 달덩이는 님이었다. 총각들은 그를 보고 반기고, 님이 가면 그를 보고 훌쩍이고 아린 가슴으로 살았다. 그렇게 생활의 애환과 함께했지만 차라리 혼자일 때, 타관일 때가 더 절절했다. 달 속에 놀던 이백조차 월하月下에 혼자 술을 마셨다. 자기와 달 그리고 자기 그림자 셋이서. 얼마나 절박한가. 그래도 달은 마실 줄 모르고 그림자만 내 곁을 따르니, 그 더욱 천지가 쓸쓸하지 않는가?

꽃 속에 한 병 술   花間一壺酒

혼자 훌쩍이네.   獨酌無相親

술잔 들고 달을 맞으면   擧盃邀明月

달과 나, 그리고 내 그림자 셋   對影成三人

달은 마실 줄 모르고   月旣不解飮

그림자만 한갓 내 곁을 따르네.   影徒隨我身

달과 그림자, 그리고 내가 함께 있기란

잠시인 걸.   暫伴月將影

즐기세. 아직 봄빛일 때   行樂須及春

(……)

　―〈달 아래 혼자 마시며〔月下獨酌〕〉

협객俠客이요 검객劍客인 이백의 진모는 달과 술과 꽃과 그림자의 일체적 순간이었다. 그러나 꽃과 달은 지고. 달이 지면 그림자도 없어지는 그래서 이백은 철저하게 고독했다.

시성詩聖이요 율성律聖으로 불리던 두보의 달조차 타관땅에서 발견되었다. 그가 48세(759년) 때 가을, 이슬이 내린다는 백로 무렵, 전란에 쫓겨 형제들은 산산이 흩어지고, 수루에 북소리 들리는 진주秦州까지 혼자 굴러왔다. 그 밤 기러기 울음 속에 바라본 달, 그것은 아무리 밝아도 고향처럼 환하고 포근하지 못했다. 여기서 탄식처럼 퉁겨나온 "달은 고향 달이 가장 밝아라〔月是故鄉明〕!", 그것은 고향을 그리는 절규였다. 설마 고향 달만 밝으랴?

수루에 북소리 길손은 끊기고,	戌鼓斷人行
가을 하늘엔 기러기 울음소리.	秋邊一雁聲
이 밤부터 이슬은 영롱하고,	露從今夜白
달은 고향 달이 가장 밝아라.	月是故鄉明
아우들은 제각기 흩어지고	有弟皆分散
식구들은 생사조차 모른다.	無家問死生
편지는 부쳐도 받는 이 없고,	寄書長不達
더구나 전쟁은 꼬리를 문다.	況乃未休兵

―〈달밤에 아우를 그리며〔月夜憶舍弟〕〉

甲午仲秋金斗樑寫

두보가 가족과 이산하고 타관으로 표류하는 극도의 악경에 만난 달이다. 어머니처럼 님처럼 만나고픈 사람, 그 대체물이 달이었음에도 타관 달은 그무레하고 심지어 으스스했던 것이다. 그래서 평생을 방랑타가 돌아온 곳이 고향인 것은 정녕 고향에 달이 있기 때문이다.

그는 달을 즐기지 않았다. 그러나 달을 고향의 상징, 평화의 신앙으로 생각했다. 〈달밤에 아우를 그리며〉보다 3년 전 여름, 처자를 장안의 북쪽 고을인 부주鄜州에 임시로 맡긴 채 장안을 떠돌다가 썼던 〈달밤〔月夜〕〉에서도 마찬가지였다. 타관땅 추운 달빛 속에 지금쯤 가녀린 팔과 안갯빛 자욱한 머리를 휘날리며 몸서리치는 처자를 그리고 있으니, 달밤은 사람을 그리는 조건 반사체인 것이다.

천하의 시인치고 달 하나 시 속에 녹여보지 못한 이 없으랴만, 달 아래 고향 생각하지 않고 달 아래 반디 잡은 이도 있다.

우국우시憂國憂時하느라 비분강개했던 송나라 애국시인 육유는 만 편의 시 속에, 철부지 동심 따라 달밤이면 고샅을 출랑거리며 아이들과 반디 잡는 희학질도 빚어넣었다. 뜻밖이다. 달빛은 59살의 노인에게 환동還童의 기적도 만들 줄이야!

흰 달빛, 빈 뜨락, 드문 나무 그림자　　　　　　　月白庭空樹影稀

〈월야산수月夜山水〉, 김두량金斗樑, 조선. 형형한 달빛 아래 드러난 벌거벗은 나무들이 쓸쓸함을 더한다. "달은 고향 달이 가장 밝다."며 울부짖는 두보의 주위에는 가을밤 찬 기운뿐.

까치는 선잠인 채 가지에 퍼덕인다.　　　　鵲棲不穩繞枝飛

영감도 철부지 아이들을 배워,　　　　老翁也學痴兒女

반짝 반디를 잡느라 이슬에 젖는다.　　　　撲得流螢露濕衣

　―〈달빛 아래〔月下〕〉

　여기서도 이슬이 내리는 가을밤이다. 교교한 달밤에 고관대작 육방
옹이 반디를 잡느라 이리 뛰고 저리 뛰는 한, 마당은 달밤의 순수무구
그 조화렷다.

밤사이 세상을 푸르게 하고
바람

세상에 돈 한 푼 쓰지 않아도 가질 수 있는 것이 바람이듯, 세상에 '바람 풍風' 자만큼 널리 쓰이는 시재詩材도 없을 것이다. 바람이라는 기상 현상 말고, 서정적, 회화적, 풍속적인 상징으로부터 정치적인 흥망성쇠에 이르기까지 그 상징의 범주는 크고도 넓다.

그 힘조차 무한대하다. 얼었던 빙토에서 푸른 새싹을 피우는가 하면, 아름다운 금수강산을 찰나에 쓸어버리기도 했다. 또한 바람은 미美의 바탕이기도 했다. 때로는 풍월風月, 풍채風采, 풍아風雅, 풍류風流처럼 멋들어진 곳에, 때로는 풍진風塵, 풍파風波, 풍상風霜, 풍운風雲처럼 어지러운 때에 그 상징으로 쓰였다.

시가 성형되는 한漢나라 때, 바람은 벌써 시에 등장했다. 그것도 황제들의 실험적인 시에서 말이다. 유방(劉邦, 기원전 256~195)은 '사면초가四面楚歌'의 위경에서 초군을 물리치고 한나라를 세운다. 한고조가 된 그는 병사들을 고향에 돌려보내고, 백성에게 '여민휴식與民休息'의 정책을 펴면서, 그 천하평정의 큰 뜻을 〈대풍가大風歌〉로 노래한다.

　열여섯 살 때 황제에 올라 서북의 흉노를 평정하고 국토를 넓혀 한나라 전성기를 펼쳤던 한무제의 시도 있다. 재위 54년을 누렸지만 대외전쟁의 실패와 부역의 고통, 가정 참변 등을 겪었던 황제는 환멸과 비관 끝에 〈추풍사〉(203쪽 참조)를 썼다.

강풍이 이는구나! 구름이 흩날리고	大風起兮雲飛揚
나라가 안정되누나! 고향으로 가자.	威加海內兮歸故鄕
어찌 용사를 얻으랴! 사방을 지키게.	安得猛士兮守四方
―〈대풍가〉	

가을바람이 일었구려! 흰 구름이 날고,	秋風起兮白雲飛
초목들이 누렇게 지는구려!	
기러기는 남쪽으로 날고.	草木黃落兮雁南歸
난초는 빼어나고 국화 향기로울 때,	蘭有秀兮菊有芳
고운 님 그리움에 잊을 길 없어라.	怀佳人兮不能忘

누선을 띄워 분하를 건너는데	泛樓船兮濟汾河
중류를 가로지르며 흰 물결이 이는구나.	橫中流兮揚素波
퉁소, 북 울리고 뱃노래를 불러내네.	簫鼓鳴兮發棹歌
환락이 극하면 슬픔이 도지고,	歡樂极兮哀情多

〈고강독립도高崗獨立圖〉, 고기패
高其佩, 청. 허공을 배경으로 높
은 바위 위에 뒷짐을 지고 선
이 사내의 옷자락을 바람이 붙
들었다 놓아준다. 바위에 우뚝
선 채 세상을 내려다보는 그에
게 바람은 아마도 호방한 기상
의 상징이었으리.

젊음은 훌쩍 가고 어찌할꼬 늙으면?　　　　　　少壯几時兮奈老何

—〈추풍사〉

　여기서 강풍이나 가을바람은 실체일 뿐 아니라, 천하를 평정하고 사방을 방어하는 정치적인 위세와, 한 해가 저물고 기울어기는 슬픔을 각각 상징하였다. 하나는 안정된 위엄의 정치를 강풍에 비유했고, 하나는 인간의 노쇠와 그리움의 아픔을 저주하면서, 그 까닭을 바로 가을바람에 돌렸다.

　이백은 민가체의 〈봄 생각〔春思〕〉과 〈가을 노래〉(167쪽 참조)■에서 남편을 전방에 보낸 채, 그를 기다리는 아내를 시에 담았는데 그 아픔을 바람에게 돌리고 있다.

파란 실 같은 북방 풀에　　　　　　　　　燕草如碧絲

푸른 가지 드리운 진나라 뽕나무.　　　　　秦桑低綠枝

그대 오고파 못 견디는 날이　　　　　　　當君懷歸日

나 당신 그리워 애 끓을 때.　　　　　　　是妾斷腸時

봄바람은 날 모르는데　　　　　　　　　　春風不相識

내 비단 휘장 속을 왜 휘젓는고?　　　　　何事入羅幃

—〈봄 생각〉

　여기서 원부怨婦는 바람을 투정한다. 바람과 나는 까맣게 모르는 사이인데 휘장을 비집고 들어와서, 수자리 떠난 남편을 상기시킨다고. 해마다 서럽게 불어와서 바람 씽씽한 옥문관을 상기시킨다고.

결국 바람을 듣는 것은 사람이다. 서럽고 외로운 사람일수록 그것을 먼저 듣는다.

"가을바람 오는 소리를 외로운 나그네가 제일 먼저 듣는다〔孤客最先聞〕."고 노래한 당나라 시인 유우석의 〈가을바람〉(177쪽 참조)**에서처럼. 외로운 나그네라야 뜨락에 불어오는 새벽바람을 듣도록 귀가 열려 있는 법.

그러나 무엇보다 바람은 너그러웠다. 자연을 대표하는 전능자다. 그러면서 티끌만큼도 뽐내지 않는다. 초당 때 재상시인이었던 이교(李嶠, 645~714)**의 〈바람〔風〕〉이 확실하게 말했다.

그 짧은 스무 자로.

삼추의 잎새를 떨어뜨릴 수도	解落三秋葉
이 월의 꽃까지 피울 수 있고,	能開二月花
강을 지날 제 천 자의 물결을 일으키고	過江千尺浪

■ 장안 조각달에, 長安—片月 / 집집마다 다듬이소리. 萬戶搗衣聲 / 갈바람은 철 따라 불기로, 秋風吹不盡 / 걱정은 옥문관으로 달려가네. 總是玉關情 / 어느 날 오랑캐를 무찌르고, 何日平胡虜 / 내 낭군 수자리서 돌아올까? 良人罷遠征 //

■■ 어디서 가을바람이 올까? 何處秋風至 / 쏴쏴 기러기 떼 배웅하는 곳. 蕭蕭送雁群 / 아침 뜨락 나무에도 밀려오거늘, 朝來入庭樹 / 외로운 나그네가 맨 먼저 듣네. 孤客最先聞 //

■■ 당나라 시인이자 재상. 당시 궁정시인의 거두로서, 시집 《이교잡영》 2권이 전한다.

대숲을 들어선 만 그루 장대에 비끼네.　　　　入竹萬竿斜
　―〈바람〉

위에서는 피우고 지우는 개락開落의 능력을, 아래에서는 들고 나는 출입出入의 능력을 말했다. 그러나 바람의 공능을 왕안석의 〈과주에 정박하며〔泊船瓜州〕〉처럼 절묘하게 표현한 것도 없다. 단 한 글자의 '푸를 록綠'으로 그 신비를 설파했다.

경구의 과주는 물 사이로　　　　　　　　京口瓜州一水間
종산은 가까이 겹겹산인데　　　　　　　　鍾山只隔數重山
봄바람은 또 강남의 언덕들을
일시에 푸르게 하네.　　　　　　　　　　春風又綠江南岸
밝은 달은 언제 내 돌아올 날 비출까　　　明月何時照我還
　―〈과주에 정박하며〉

어느 날, 갑자기 푸르른 산야를 보면서, 그 조화의 공을 바람에게 넌지시 돌리고 있다. 그래서 바람은 어느 때, 어디에도 분다.

겨울 冬

눈은 꽃이요 그림이요,
신비요 길상이다
눈은 순수요 고독이요,
심지어 적막이요 죽음이다.
그래서 누구든 첫눈이 오면
집을 뛰쳐나갔고,
누구는 눈 속에 묻혀 죽길
마다하지 않았다

하얀 서릿길에 발자국 하나
새벽

새벽은 출발이요, 희망이건만 이별과 절망을 상징하는 황혼이나 일몰만큼 즐겨 쓰는 소재가 아니었다. 시인의 그때 그 상황에 따라 어스름 황혼에도 온통 아름다움이요, 눈부신 아침 햇살에도 스산한 죽음일 수 있어서였다. 출발의 새벽과 우울한 새벽, 각각 두 편을 읽어보자.

먼저, 고금을 통해 새벽의 명편으로, 만당 때 이상은과 함께 대표적인 유미시인으로 꼽힌 온정균(溫庭筠, 812?~870)▪의 〈상산의 아침 나그네(商山早行)〉를 들 수 있다. 온정균은 추남인 데다 과거마다 미역국을 먹자 아예 떠돌이로 술집이나 기생집을 들락거렸다. 그래도 시 쓰는 재주가 뛰어나서 운자와 시제를 내면 당장 꾸며내는 신수神手로 불리었다. 그날도 이른 새벽, 장안에서 멀지 않은 상산商山땅 어느 주막을

▪ 당나라 시인. 악부樂府에 뛰어나, 스러져가는 육조 문화에 대한 동경과 석춘惜春의 정 등을 화려한 표현으로 노래했다.

서둘러 나서면서 시를 썼다.

꼭두새벽 눈 뜨다 딸랑딸랑 방울 소리,　　　　晨起動征鐸

타관땅 떠돌다 문득 고향 그리워.　　　　客行悲故鄕

주막집 조각달빛에 꼬끼오 닭 울음.　　　　鷄聲茅店月

널다리 서릿길에 누구의 발자국.　　　　人迹板橋霜

(……)

—〈상산의 아침 나그네〉

온정균이 시끌벅적한 역말의 말방울 소리에 잠을 깨고, 주막집 작은 문을 열고 눈을 비빈다. 타관땅, 가을 새벽, 문득 고향이 그리운데, 그때 띠를 이은 작은 주막집 지붕에 살짝 걸린 새벽달이 보이고, 어디서 하품하듯 닭이 울고 있다. 그래서 몇 걸음 뚜벅뚜벅 걸었다. 눈앞에 작은 개울, 그 위로 널빤지 다리, 그 다리 위로 살포시 내린 서리. 그 서리에 찍힌 발자국 하나. 그것은 다름 아닌 온정균의 발자국인지도 모른다.

귀에는 말방울 소리, 닭 우는 소리, 눈에는 띠 지붕, 새벽 달, 널빤지 다리, 발자국 그리고 서리. 이것은 가을 새벽을 스케치하는 가장 정확한 이미지다. 여기에 덧붙이는 어떤 언어도 군더더기다.

남송 때 으뜸가는 전원시인 양만리에게도 온정균의 그것과 매우 흡사한 절구가 있다. 다만 그 무대가 달랐다. 산속의 주막집이 나루터로,

〈산수山水〉, 강균姜筠, 20세기. 고즈넉한 산길, 새벽 일찍 일어난 사람 하나가 지팡이를 짚고 걸어간다. 배웅하는 이 하나 없어도, 나그네의 발걸음에는 힘이 실린다. 새벽 깨우는 사람 없이 맞는 아침이 있으랴!

널빤지 다리가 나룻배 갑판으로 옮겨진 것이다.

안개 밖 강산이 첩첩 자욱해라.	霧外江山看不眞
닭 소리, 개 소리 아니거들랑 앞마을도 모를 뻔.	只憑鷄犬認前村
나룻배 갑판엔 눈처럼 소북한 서리,	渡船滿板霜如雪
여기다 내 짚신, 첫 발자국을 찍으리!	印我靑鞋第一痕

　—〈1180년 1월 5일 새벽, 대고계를 지나며〔庚子正月五日曉過大皐溪〕〉

　안개는 자욱해서 아무것도 보이지 않는데, 닭 소리, 개 소리가 아련하게 들린다. 나룻배에 오르자, 거기 갑판엔 소북한 서리, 덥수룩한 짚신으로 거기 적막한 강산에다 살포시 발자국을 찍는다. 처연한 출발의 의지가 역력하다. 그러나 조용한 아침, 눈부신 햇살에도 시인은 서러워라. 아침을 서러워했던 이로는 성당盛唐 때 이름난 전원시인 맹호연의 〈봄 아침〉(59쪽 참조)▪이 당장 떠오른다.

　마흔이 되도록 양양襄陽, 녹문산鹿門山에 은거타가, 마흔에야 장안에 나와 벼슬을 구했지만, 변변한 자리 한 번 누리지 못한 채 황달에 걸려 죽었던 그였다.

　곤하게 잠을 자고 새 우는 소리에 잠을 깬 뒤, 주렴을 열자 뜨락에

▪ 봄밤은 어느덧 아침이라 春眠不覺曉 / 곳곳마다 새소리. 處處聞啼鳥 / 어젯밤 비바람 소리에 夜來風雨聲 꽃은 얼마나 졌을까? 花落知多少 //

226

는 꽃잎이 낭자하게 흩어져있다. 어젯밤에 풍우가 다녀간 자취인 것이다. 생각은 거기에 머물지 않는다. 어젯밤 비바람에 꺾인 젊음들, 예나 지금이나 어둠 속에 사람이 자취를 감춘 일이 하도 많았다. 새소리와 함께 환―한 봄날 아침, 스산한 바람결에 왠지 뒤숭숭하다.

왕왕 한 사람의 성공, 한 역사의 전환 또한 새벽을 여는 사람에 달렸다. 청나라 말엽, 태평난군太平亂軍을 격파했던 수군통수水軍統帥요, 양광총독兩廣總督에 올랐던 증국번(曾國藩, 1811~1872)**, 그의 초년작으로 보이는 〈아침에 무련역을 떠나며 아우 생각에〔早發武連驛憶弟〕〉가 바로 그렇다.

새벽, 안장을 고치고 별빛을 따를 때,	朝朝整駕潦星光
생각하면 이 일생, 부질없이 바빴네.	細想吾生有底忙
피로한 말이 가엾다, 새벽 달빛에	疲馬可憐孤月照
한 오라기 새벽닭이 만산의 어둠을 쫓는다.	晨鷄一破萬山蒼

　　―〈아침에 무련역을 떠나며 아우 생각에〉

증국번이 젊어서 벼슬아치로 여기저기 뛰어다닐 적, 세모歲暮는 오는데 문득 고향에 둔 아우가 그리워진 것이다. 그날도 이른 새벽, 객사

<hr>

■■ 청나라 말기의 정치가·학자. 태평천국太平天國을 진압한 지도자이며, 근대화 운동인 양무운동洋務運動의 추진자다. 주자학자, 문장가로도 유명하다.

를 떠나는데 야윈 말을 비추는 달빛과 어둠을 깨는 닭 울음. 그 울음에 이윽고 긴긴 밤은 허물어지고, 그 달빛에 아득한 길이 보인다. 그래서 나그네는 불끈 신을 졸라매고 피곤한 안장에 뛰어오르며 고삐를 죈다. 아직도 어둠이 물러서지 않는 새벽안개 속으로 첫발을 디딜 때, 먼 마을에서 개가 짓고 닭이 울 것만 같다.

새벽은 조각달이 있어 슬프지만 개와 닭들의 우는 소리에 앞을 나선다. 그래서 증국번은 태평난군도 평정하고 양광의 총독이 되었는지도 모른다.

아! 뜻을 지닌 자의 새벽은 서러워라.

맑은 물에 가로 누운 성긴 그림자
매화

설날이 지나면, 중국의 남방에는 벌써 홍매紅梅가 흐드러진다. 중국 난징의 중산릉中山陵 건너편 매화산에서, 가위 붉은 노을이랄 만큼 붉은 매화의 불꽃 속을 춤을 추듯 쏘다닌 일이 있었다. 아—니 그 속에 미칠 뻔 했다. 동산 하나가 온통 홍매라니. 이제까지 매화하면 백매白梅만 보아왔던 터에, 그것도 한자리에서 3만 그루의 구름을 만났으니 말이다.

나는 그때부터 매화가 고결·고오한 선비의 상징일 뿐만 아니라, 빙기옥골(氷肌玉骨, 살결이 맑고 깨끗한 미인을 비유적으로 이르는 말)의 여체미는 물론, 온통 산야에 불을 지피는 불길 같은 장쾌미壯快美인 줄도 알게 되었다. 소동파가 짐짓 이러한 홍매의 내력을 알았던 모양이다.

시름시름 잠꾸러기, 늦장 피긴 싫어, 　怕愁貪睡獨開遲

얼음장 찬 얼굴로 한 철을 놓칠세라. 　自恐氷容不入時

〈매화산조梅花山鳥〉, 진홍수陣洪綬, 명. 만개한 매화꽃은 가늘고 단단한 선으로 윤곽을 그리고, 백분白粉을 칠해 한 송이 한 송이가 살아있는 듯 느껴진다. 고결하고 고오한 선비의 기품이 느껴지는 매화는 세간고락을 맛본 창안백발의 노인을 닮았다.

일부러 복사꽃, 살구꽃인양 붉게 피었지만,　　故作小紅桃杏色

아직도 눈서리 속에 홀로 파리한 모습.　　尙餘孤瘦雪霜姿

(……)

―〈홍매紅梅〉

봄날이면 뭇꽃들이 울긋불긋 호들갑을 떨 때, 매화 혼자서 시큰둥할 수 없어, 억지로 복사나 살구 흉내를 내느라 작고 붉은 꽃잎으로 얼굴을 내밀었다. 하지만 끝내 '외롭고 파리한 눈서리 모습'을 어쩔 수 없었다. 그렇다면 '고수孤瘦'는 매화의 본질이요, 미美인 것이다. 동시에 매화의 외형이요, 내격內格이다. '고'는 고립이나 고오, 시끄러운 꽃들을 멀리하면서 스스로의 고독을 견딤이요, '수'는 청수淸瘦나 노수老瘦, 살찐 살더미를 저주하면서 늙음과 가난을 긍지로 삭히고 있다. 그럼 '고'의 형상을 보자. 아무래도 매화의 시편 가운데 가장 명작으로 꼽히는 임포(林逋, 967~1028)▪의 〈매화梅花〉를 들 수밖에.

뭇꽃들이 휘날릴 제 저 혼자 싱싱,　　衆芳搖落獨鮮姸

세상 풍광을 이 뜨락이 차지했구려.　　占盡風情向小園

맑은 물에 가로 누운 성긴 그림자,　　疏影橫斜水淸淺

▪ 북송의 시인. 풍화설월風花雪月을 평담平淡한 표현으로 읊은 시가 많다. 매화시인으로 불릴 정도로 매화를 노래한 걸작이 많으며, 주요 저서에 《임화정집林和靖集》이 있다.

어스름 달빛에 모락모락 은은한 향기. 暗香浮動月黃昏

서릿빛 참새가 덤비려 옆눈질 하고, 霜禽欲下先偸眼

꽃가루 나비가 알았다면 넋을 잃겠네. 粉蝶如知合斷腸

다행히 시인이 와서 친압하거늘, 幸有微吟可相狎

굳이 딱딱이 치며 술동이 기울일 일이야! 不須檀板共金樽

―〈매화〉

중국 항저우 서호西湖에 평생 은거하면서, 글쎄 얼마나 매화를 사랑했기에 매화를 아내로 맞고 학을 자식으로 삼았다는 임포의 눈은, 매화의 혼백마저 화필에 옮길 만큼 섬세했다. 바로 밑바닥이 보일 만큼 맑은 물 위로 비스듬히 가로누운 매화나무 성긴 그림자와, 어스름 달빛에 모락모락 김이 나듯 은은한 향기를 그린 것이다. 이 얼마나 고즈넉한 정경인가?

외롭게 뻗어있는 매화 가지가 미련처럼 그리고 집념처럼 그어있는데, 물속에 비친 그 성근 그림자로 한 세상이 적막하다. 더구나 매화를 노리는 서릿빛 참새의 반짝이는 작은 눈동자가 스치는 듯하다.

'수수瘦'의 형상을 위해 남송 때 시인 소덕조(蕭德藻, 1147년 무렵 재세)의 〈고매古梅〉를 들고 싶다.

천 년의 이끼 덕지덕지한 고목, 一千年蘚著枯樹

늙은 가지엔 두어 송이 꽃. 三兩點春供老枝

벼랑에 무슨 피리 소리랴?　　　　　　　　絶壁笛聲那得到

오직 해거름에 벌이 알까 두려워.　　　　　祗愁斜日凍蜂知

　　—〈고매〉

　바짝 마른 고목이지만 덕지덕지한 이끼로 노태가 쭈글쭈글한 줄기. 거기에 겨우 두어 가지 끝에, 두어 송이 핀 매화는 세간고락을 실컷 맛본 창안백발의 노인 모습이다. 비록 주름투성이지만 반짝이는 슬기, 온종일 입을 다물고 살지만 행여 벌·나비 찾아올세라 견결한 고독을 즐기고 있다. 늙고 메마르고 드물지라도 그것들이 긍지일 수 있는 매화는 동방의 덕일 수밖에 없다.

　'고'·'수' 말고 또 하나 미덕이라면 매향梅香이다. 그 세 가지가 아우러진 시는 적지 않다. 그중에도 북송 때 개혁적인 정치가였던 왕안석의 짧은 절구 〈매화〉는 쉽고 상큼해서 단연 걸작으로 꼽힌다.

　　담장 모서리에 매화 두어 가지,　　　　牆角數枝梅

　　혹한 무릅쓰고 저 혼자 피었네.　　　　凌寒獨自開

　　멀리 보아도 정녕 눈이 아닌걸,　　　　遙知不是雪

　　코에 스미는 은은한 향기 때문.　　　　爲有暗香來

　　—〈매화〉

　담장 모서리에 뽀족 손을 내민 두어 가지, 거기다 강추위가 몰아치고 있다. 그렇게 춥고 외로운 변두리인데, 시인은 익살스럽다. 그 모양은 분명코 한두 송이 눈꽃인데, 거기서 불어오는 바람에 은은한 향기를 맡고서야 그게 눈이 아니라 흰 매화라고 능청을 부리는 것도 얼마나 얄미운 화법인가?

그래서 중국인은 매화를 단순한 나무가 아닌 군자로 대접하고 있다. 국화나 대, 난초와 함께 '사군자四君子'로 칭송한 지 세월이 오래다.

주막집 호롱불에 잠 못 이루는 밤
제야

보름달에 그 풍경이 있듯 섣달 그믐밤 또한 그림이 있다. 바로 찬바람
이 씽씽 불면서 호롱불이 깜박이는 주막에 잠 못 이루는 나그네다. 제
야는 설날보다 설레었다. 눈발이 흩날릴 때 온종일 절구에선 떡치는
소리, 부엌에선 부산한 치마 소리. 그러다가 까치두루마기와 때때옷을
차곡차곡 접어 머리맡에 두고 무상하게 잠이 들었던 제야는 무척이나
행복했다.

그럼에도 중국 명시에 나오는 제야는 한결같이 외로운 나그네의 것
이다. 그들은 타관땅 주막집이거나 서둘러 고향으로 돌아가는 길목에
머물렀다. 그러면서 나그네의 눈에 비친 세상은 으스스했다. 추위와
주림, 거기다가 제야라는 시간의 벼랑이 작용했다. 그렇다면 나의 제
야는 철없는 어릴 때요, 따뜻한 내 집이었던 것이리라.

성당盛唐 때 변새시인의 대표였던 고적(高適, 706~765)■과 은일시인이
었던 대숙륜(戴叔倫, 732~789)에게 제야는 오직 나그네의 한恨뿐이었다.

주막집 호롱불에 혼자 잠 못 이룰 때,　　　　旅館寒燈獨不眠

나그네 마음 무삼 일로 서러울까?　　　　　客心何事轉凄然

오늘밤 고향집은 천 리 길 밖이련만　　　　故鄕今夜思千里

내일 아침 귀앞머리 한 해를 더하겠지.　　　霜鬢明朝又一年

—〈제야除夜〉

주막집에선 누구랑 이야기할까?　　　　　旅館誰相問

오직 가물가물 호롱불 하나.　　　　　　　寒燈獨可親

한 해가 마지막 가는 밤,　　　　　　　　一年將盡夜

만 리 길 돌아갈 수 없는 몸.　　　　　　萬里未歸人

슬프다! 옛 일은 간 데 없고,　　　　　　寥落悲前事

우습다! 이 몸은 흐트러지고.　　　　　　支離笑此身

수심과 쇠락의 이 몰골로　　　　　　　　愁顔與衰鬢

내일은 또 새봄이라네.　　　　　　　　　明日又逢春

—〈제야에 석두역에서〔除夜宿石頭驛〕〉

　두 시인은 똑같은 한을 씹었다. 주막에서 혼자 맞는 제야. 고향은 멀고 인생은 덧없고, 거기다 구덩이를 파듯 나이를 먹는다고. 서로가

■ 당나라 시인. 변경에서의 외로움과 전쟁·이별의 비참함을 읊은 변새시가 뛰어나다. 작품으로 《고상시집高常詩集》이 전한다.

236

〈풍설야귀인風雪夜歸人〉, 최북崔北, 조선. 길 떠난 나그네는 발걸음이 닿는 곳마다 서러움과 맞닥뜨린다. 눈보라 치는 밤 길을 나선 이 사내와 동자의 목적지는 어디일까? 제야의 고독은 깊어가는데, 흉흉한 바람은 그칠 줄을 모른다.

지점이 다를 뿐이다. 하나는 안시성 모래벌판에서 중원땅 상구商丘의 고향을, 하나는 석두, 지금의 남경에서 윤주潤州의 고향을 각각 그렸다.

초당初唐의 전원시인파 우두머리였던 맹호연과 가송歌頌시인 송지문(宋之問, 656?~712)■은 제야의 귀성시를 남겼다.

이제금 궁궐에 상소는 그만두고	北闕休上書
남산에 돌아가 띳집에 살지.	南山歸敝廬
영특한 황제는 이 둔재를 버렸고,	不才明主棄
옛 친구조차 이 병골을 멀리하네.	多病故人疏
백발은 늙기를 서두르고,	白髮催年老
봄날은 제야를 핍박하거늘,	靑陽逼歲除
긴긴 시름에 잠 못 들 때,	永懷愁不寢
소나무 달그림자에 창살이 허허롭네.	松月夜窓虛

　―〈세모의 귀향길에〔歲暮歸南山〕〉

산령 너머로 편지가 끊긴 채	嶺外音書斷
겨울이 가고 새봄이 오거늘.	經冬復歷春
고향이 가까울수록 고향이 두려워,	近鄕情更怯
동향에게 차마 고향을 물을 수 없네.	不敢問來人

　―〈한강을 건너며〔渡漢江〕〉

두 편은 앞 시와 달리 고향 가는 길목에서 그리움과 회한, 따스함과 두려움, 새것과 옛것이 모순적으로 교차하는 정서의 갈등을 그렸다.

맹호연의 시는 그의 나이 마흔 살 때 장안을 떠돌면서 벼슬을 갈망했지만, 이루지 못한 채 그의 고향 양양襄陽으로 돌아가면서 쓴 것이다. 마침 한 해가 저물 때인지라, 솟구치는 울분을 참지 못했던 것이다. 과연 이 시는 현종玄宗의 심기를 거슬리게 했다.

송지문의 것은 중년 때 농주瀧州 유배지에서 그의 고향 하남 홍농弘農으로 돌아가려 양쯔 강 지류인 호북湖北의 한강을 건너며 쓴 시다. 때마침 섣달이 저물었다. 그가 어용시인으로 명구를 남기지 못한 터에, 여기 "고향이 가까울수록 고향이 두려워〔近鄕情更怯〕"라는 한 구절은 온 시단을 놀라게 했다. 고향이 가까워질수록 고향에서 나오는 길손을 잡고 고향 소식을 듣고 파도 물어보지 못하는 심경, 그것은 귀양살이 오랜만에 귀향하는 제야의 두근거림이다.

마지막으로 북송 때 문호 소식의 〈제야에 대설로 유주에 머물며〔除夜大雪留濰州元日早晴遂行中途雪復作〕〉를 들겠다.

제야엔 대설로 길이 막히고	除夜雪相留
설날 아침 눈이 개자 길을 나섰네.	元日晴相送
봄바람에 어제 숙취를 날리고	東風吹宿酒

■ 초당의 시인. 칠언율시를 성립하였으며, 주요 저서에 《송지문집宋之問集》이 있다.

수척한 말안장에 어제 일 떠오르네.　　瘦馬兀殘夢

아롱아롱 새벽이 기지개를 펴고　　　蔥朧曉光開

동글동글 매화송이 희끗하네.　　　　旋轉余花弄

(……)

삼 년이나 연거푸 가뭄 들자　　　　三年東方旱

이농 늘고 농가는 쓰러지고　　　　逃戶連歕棟

할아범은 쟁기 던진 채 한숨짓고　　老農釋耒嘆

눈물이 주린 창자를 아리게 하네.　　淚入飢腸痛

철 늦은 봄눈이라지만　　　　　　　春雪雖云晚

봄보리 심기는 늦지 않다오.　　　　春麥猶可種

비록 대설이 행로를 망쳤지만　　　敢怨行役勞

가난뱅이 배불릴 풍년을 기약하네.　助爾歌飯瓮

—〈제야에 대설로 유주에 머물며〉

　호방하고 낭만적인 소동파가 희령熙寧 9년(1076) 제야, 왕안석의 변법에 떠밀려 새 임지로 가던중 유주(지금의 산둥 시)에서 눈에 막혀 일박하면서 쓴 시. 제야의 감회 못지않게 빈민을 연민하는 따스한 관료시인의 마음이 넉넉히 배어있다. 그러나 제야는 뭐니 뭐니 해도 혼자 통곡하는 밤이었다.

부서질 듯 희미하지만 따뜻한
등

깊은 밤, 촛불 한 자루는 절대자다.

어느 날, 이 땅을 떠날 때 그곳이 제아무리 깊고 어둡고 답답할지라도, 깜빡이는 촛불 한 자루가 있다면 외롭지도 답답하지도 두렵지 않을 것이다. 등은 물리적·정신적인 광명일 뿐만이 아니다. 애환과 희비의 상징은 물론 심미의 표적이었다. 고대광실의 휘황찬란한 등불은 부귀영화를, 벽촌궁항의 가물가물한 호롱불은 적막천지를 상징했다.

당나라 때 탁월한 사회시인 백거이가 장경長慶 2년(822), 항주자사로 부임해, 그 유명한 백제白堤를 구축하며 저수와 관개로 농촌 살림을 부흥시킬 때 쓴 〈정월 보름밤 달[正月十五日夜月]〉의 등불은 흥청망청 풍성과 환락이 넘치는 그 상징이었다.

풍년 들자 사람들도 넉넉하여,　　　　　　　　　歲熟人心樂
아침부터 밤까지 노세 놀아.　　　　　　　　　　朝游復夜游

봄바람은 바다로부터 오고,　　　　　　　春風來海上

달은 강 머리에서 떠오른다.　　　　　　明月在江頭

저자 집집마다 휘황한 등불,　　　　　　燈火家家市

누각 곳곳마다 흥겨운 생황.　　　　　　笙歌處處樓

서울에 견준들 모자라랴!　　　　　　　無妨思帝裡

항저우가 싫다면 당치 않은 말.　　　　不合厭杭州

—〈정월 보름밤 달〉

그로부터 300년 뒤, 송나라 서울 변경(汴京, 지금의 카이펑開封)을 밝히던 등불 또한 황실의 가무요, 화려한 요정을 상징했다. 그것은 남송 때 유명한 성리학자요 시인이었던 유자휘(劉子翬, 1101~1147)가 변경을 금나라에 함락당한 뒤, 옛날 풍요로운 변경을 추억했던 〈변경의 옛일 [汴京紀事]〉 속에 들어있다.

그때 황실의 가무는 최상의 풍류였고,　　　梁園歌舞足風流

좋은 술은 시름을 칼처럼 잘랐다.　　　　　美酒如刀解斷愁

그때 젊음들은 얼마나 즐거웠던지,　　　　憶得少年多樂事

깊은 밤 휘영청 등불에 술집을 들락거렸소.　夜深燈火上樊樓

—〈변경의 옛일〉

하긴 송나라 때 이청조(李清照, 1081~1141?)와 쌍벽을 이루었던 여류

시인 주숙정(朱淑貞, 남송초 생존)은 그의 〈보름날〔元夜〕〉에서 등불을 불나무요, 은꽃이라 미화했다.

불나무에 은꽃 피어 눈조차 붉히거늘,　　　　　火樹銀花觸目紅

봄바람에 북 치고 피리 부느라

하늘 닿게 왁자글.　　　　　　　　　　　　揭天鼓吹鬧春風

(……)

—〈보름날〉

하지만 중국 시인의 눈에, 꺼지지 않는 등불은 가물거리는 작은 불빛이었다. 풍요와 환락의 그것보다 빈곤과 애상의 그것이었다. 곧 시등市燈보다는 고등孤燈, 홍등紅燈보다는 한등寒燈이었다.

우선 당나라 때 최고의 변새시인 고적이 753년부터 하서河西 절도사로 모래벌판 서역 변새서 종군 당시 쓴 〈제야〉(236쪽 참조)▪의 심상은 주막과 호롱불 두 가지다.

얼마나 선명하랴! 외딴 주막집에 가물가물 호롱불. 잠 못 이루어 뒤척이는 나그네 그 한숨이 보이는 듯하다. 고적보다 뒤늦게 대력십재자大曆十才子▪▪ 시인으로 불리는 사공서(司空曙, 720?~790?)▪▪의 대표작 〈외

▪ 주막집 호롱불에 혼자 잠 못 이룰 때, 旅館寒燈獨不眠 / 나그네 마음 무삼 일로 서러울까? 客心何事轉凄然 / 오늘밤 고향집은 천 리 길 밖이련만 故鄕今夜思千里 / 내일 아침 귀앞머리 한 해를 더하겠지. 霜鬢明朝又一年 //

〈노서유등도老鼠油燈圖〉, 제
백석齊白石, 1944. 어두운 방
에 등불이 하나 켜있다. 방
주인은 늦은 독서에 지쳐 잠
이 들고, 틈을 살피던 쥐 한
마리가 등잔 밑을 차지한다.
그러나 황량한 벽촌에서 혼
자 사는 이에게는, 꺼질듯
위태로운 등과 서鼠 선생조
차 위안일 터.

종동생과 동숙하며〔喜外弟盧綸見宿〕〉에서도 호롱불은 슬픈 그림으로 다가온다.

고요한 밤, 사방에 아무도 없는데,　　　靜夜四無隣

타고난 가난 대문에 이토록 외지네.　　荒居舊業貧

빗속에 우수수 노란 잎사귀,　　　　　雨中黃葉樹

호롱불 아래 부옇게 영감 혼자.　　　　燈下白頭人

(······)

—〈외종동생과 동숙하며〉

사공서가 귀양살이할 때, 외종의 내방은 뜻밖의 기쁨이었다. 그러나 그럴수록 그의 슬픔은 불거졌다. 황량한 벽촌에서 독거의 아픔을 가을비와 호롱불, 낙엽과 흰머리의 이미지를 심었다. 더구나 하얀 비와 붉은 등, 누런 잎사귀와 하얀 머리 등의 대조적 색채는 분위기를 한층 심화시켰다.

그러나 등은 그 스스로의 미적 가치와 영향을 지니고 있다. 그 단순

■■ 당나라 시인 그룹. 사회와 문학에 큰 충격을 준 안사安史의 난亂의 뒤를 이은 대력연간(大曆年間, 776~779)에 시로써 명성을 얻어 붙은 이름이다. 형식면에서 성당기盛唐期보다 세련미를 보였으며, 내용적으로는 자연을 읊어 새로운 경지를 열었다. 안사의 난을 겪은 데다 자신의 영달을 이루지 못한 사람이 많았으므로, 비분강개의 색채를 띤 작품을 쓰기도 했다.
■■ 당나라 시인. 청렴한 인품으로 유명하며, '대력십재자' 중 한 사람이다. 시집으로 《사공문명시집司空文明詩集》이 있다.

한 형상이 시공時空과 명암, 원근 등과 결합되었을 때, 등불은 그 그림자조차 미적 효과를 보인다. 그 한 예로 송말末末의 시인인 주밀(周密, 1232~1298)의 〈야귀夜歸〉를 들겠다.

깊은 밤 길손, 지팡이 짚을 때　　　　　夜深歸客倚筇行
파란 도깨비불이 반딧불이랑 밭두덩에 모인다.　冷燐依螢聚土塍
해 저문 시골 가겟길이 질퍽거릴 때　　　村店日昏泥徑滑
죽창 사이로 새어나오는 바느질 불빛.　　竹窓斜漏補衣燈
　　—〈야귀〉

　주밀이 해 저문 두메의 고즈넉한 분위기를 묘사한 것은 죽창 사이로 비스듬 새어나오는 한두 오라기의 바느질 호롱불빛을 만나기 위해서다. 그 불빛은 부서진 듯 희미하지만 따뜻하고, 그 불빛은 바람에 흩날리지만 가족을 돌보는 주부의 사랑이 묻어있다. 아니다. 희미하게 새어나온 한 오라기의 그림자만으로도 아름답다. 그 불빛, 책보로 고이고이 싸고 싶다.

깊은 밤, 뚝딱 대 부러지는 소리

눈

러시아 출신의 소설가 솔제니친이 노벨 문학상을 받고 자기의 조국을 떠나 망명길에 나설 때, 그는 한사코 미국의 동북단에 위치한 버먼트 주를 선택했다. 거기에는 그의 고향처럼 눈이 많아서였다. 고향은 갈 수 없을지라도 눈을 보지 않을 수 없어서라는 강경한 저항이요, 절실한 사랑이었다.

눈은 꽃이요 그림이요, 신비요 길상이었다. 뿐만 아니었다. 눈은 순수요 고독이요, 심지어 적막이요 죽음이었다. 그래서 누구든 첫눈이 오면 집을 뛰쳐나갔고, 누구는 눈 속에 묻혀 죽길 마다하지 않았다.

당시唐詩에서만 해도 별의별 눈을 만나게 된다. 같은 때에 쓴 제목이라도 서로 다르다. 왕유의 〈밤눈 속에 도사 호군을 생각하며〔冬晩對雪憶胡居士家〕〉와 백거이의 〈밤눈〔夜雪〕〉만도 그렇다. 한 사람은 하늘에 물을 뿌린 듯 흩날리는 눈보라를 그렸고, 한 사람은 달빛인 듯 부옇게 쏟아지는 눈보라 속에서 눈의 무게를 가누지 못해 뚝딱— 부러지는

대 소리를 듣고 있었다. 하나는 시각적이고 하나는 청각적이다. 그러나 하나는 저 눈보라 속에 하마 굶어죽을지 모르는 친구를 걱정하고 있었다.

쌀쌀한 경쇠 소리 새벽을 알리고	寒更傳曉箭
싸늘한 거울에는 쭈그러진 얼굴.	清鏡覽衰顔
들창 너머로 바람은 대숲을 흔들고,	隔牖風驚竹
문을 열자 산마다 소복한 눈꽃.	開門雪滿山
고즈넉한 공중엔 물을 뿌린 듯.	灑空深巷靜
널따란 마당엔 명주를 쌓은 듯.	積素廣庭閒
묻노니, 동한 때 원안袁安의 집은,	借問袁安舍
아직도 느긋이 문을 잠그고 있을까?	儵然尚閉關

—〈밤눈 속에 도사 호군을 생각하며〉

이크! 금침이 얼음장인데,	已訝衾枕冷
저 창은 달빛인 양 훤히 밝네.	復見窓戶明
가끔 뚝딱! 대 부러지는 소리,	時聞折竹聲

〈한산적설도寒山積雪圖〉, 오위吳偉, 명. 눈 쌓인 높은 산, 헐벗은 나무, 추위에 잔뜩 웅크린 나그네와 차갑게 얼어붙은 강, 스산한 겨울 풍경이다. 내리는 풍경만큼 눈이 아름답기만 하면 얼마나 좋으랴! 하지만 설경 속에는 미의 극치와 함께 비극의 고통이 잠재되어있다. 어쩌면 그리 삶과 닮았을까.

깊은 밤, 묵직이 눈이 쌓였겠네.　　　　　　　　夜深知雪重

　─〈밤눈〉

　왕유의 묘사는 섬세했다. 새벽하늘에 흩날리는 눈꽃을 '공중에 물을 뿌린 듯〔灑空〕', 뜨락에 쌓인 눈을 '마당에 명주를 쌓은 듯〔積素〕'한 것이다. 하지만 이토록 아름다운 설야에 눈에 묻힌 친구가 걱정되자 700년 전, 동한 때 원안袁安의 고사를 원용한 것이다. 그때 뤄양에는 폭설이 내렸고, 폭설에 막혀 옴짝달싹 못한 채 죽은 듯 침상에 엎드렸던 원안을 떠올리면서, 왕유의 친구 호군의 안위를 걱정한 대목이다.

　백거이의 넉살 또한 놀랍다. 썰렁한 이불에서의 촉각과 훤─히 비치는 설창雪窓의 시각, 거기다 대가 부러지느라 뚝딱하는 청각……. 그래서 폭설이 쌓인 모양이라고 넌지시 말하고 있다.

　위의 두 편이 밤눈을 그렸다면 다시 낮눈을 들겠다. 유종원의 〈강설〉(144쪽 참조)■과 잠삼의 〈눈보라 속에 서울로 가는 무판관을 전송하며〔白雪歌送武判官歸京〕〉다. 유종원의 〈강설〉이 죽은 듯한 정태靜態라면, 잠삼의 시는 장엄한 동태動態다. 〈강설〉이 공활한 배경 속에 고절한 초점을 집중하고 있다면, 〈눈보라 속에 서울로 가는 무판관을 전송하며〉는 아름다운 화경 속에 비극적인 이별을 조명하고 있다.

■ 천산에 새 끊기고 千山鳥飛絕 / 만경에 사람 그림자 하나 없네. 萬徑人踪滅 / 조각배에 우장 삿갓 쓴 영감, 孤舟蓑笠翁 / 혼자서 차디찬 강눈을 낚네. 獨釣寒江雪 //

250

북풍은 세차게 몰아치고 풀이 하얗게 시드는　　北風捲地白草折

여기 오랑캐땅, 팔 월에도 눈보라치네.　　胡天八月卽飛雪

하룻밤 사이 훈풍이 일었나?　　忽如一夜春風來

천 그루 만 그루 배꽃 천지.　　千樹萬樹梨花開

주렴 사이로 축축한 눈보라 장막,　　散入珠簾濕羅幕

여우털 털옷도 썰렁, 비단 이불도 썰렁.　　狐裘不煖錦衾薄

장수의 활은 얼어 당겨지지 않고,　　將軍角弓不得控

도호의 갑옷은 추워도 걸칠 수밖에.　　都護鐵衣冷猶著

사막, 종횡으로 백 길의 얼음이요,　　瀚海闌干百丈氷

잿빛 구름, 하늘 끝에 엉기었네.　　愁雲黲淡萬里凝

사령부에 술을 놓고 손님을 보낼 제,　　中軍置酒飮歸客

구슬픈 호금과 비파, 그리고 피리.　　胡琴琵琶與羌笛

저녁눈 어둑어둑 병영을 덮는데,　　紛紛暮雪下轅門

깃발조차 꽁꽁 얼어 펄럭이지 못해.　　風掣紅旗凍不飜

윤대* 동문으로 그대를 보낼 제,　　輪臺東門送君去

천산天山을 휘덮는 눈보라! 눈보라.　　去時雪萬天山路

꼬불한 산길로 인적은 사라지고,　　山廻路轉不見君

눈 위엔 한갓 군마의 발자국.　　雪上空留馬行處

—〈눈보라 속에 서울로 가는 무판관을 전송하며〉

* 지금의 신장성 쿠츠.

눈보라가 아니래도 헤어지는 사람은 흐느끼기 마련이다. 하물며 장안에서 수천 리 떨어진 서역의 오랑캐땅, 그것도 망망대해 같은 사막에서 말이다. 그날따라 지척을 분간할 수 없게 눈보라 속을 뚫고 친구를 전별한다. 미의 극치와 비극이 동시에 전개되는 바로 그 파노라마다.

〈눈보라 속에 서울로 가는 무판관을 전송하며〉는 3막의 드라마다. 첫 막은 눈꽃을 배꽃으로 찬미하는 장관을 보였고, 제2막은 혹한 속의 사막에서 벌이는 송별연, 제3막은 작별의 현장. 온 천지를 뒤덮은 눈더미에 오직 남은 것은 군마의 발자국뿐이다. 와락 울음이 터질 것 같다. 이와 대조적으로 〈강설〉의 초점은 절대고독이다. 온갖 산과 길이 그 호흡을 멈추고 있는데, 조명은 우장과 삿갓의 영감 하나, 그 낚싯대를 비추고 있다.

그래서 눈은 천지를 뒤덮기도, 발자국 하나를 남기기도 한다.

우주의 혼돈과 악수하고 구름바다를 치솟는
탑

탑은 고대 인도어 팔리Pali로 투파Thupa의 중국식 번역어다. 한자로 탑塔, 혹은 부도浮屠, 부도浮圖, 불도佛圖 등으로 쓰였는데, 스님의 유골, 곧 사리를 모신 곳이다. 요즘 우리나라에 번지고 있는 유골 봉안소, 곧 납골당인 셈이다.

한평생, 중생을 구제하기 위해 혼신을 바쳤던 스님이 어느 날 입적하면 그를 다비한 뒤, 그 사리를 모신 곳이니, 물론 산수 좋고 조습하지 않은 곳을 골라 돌 속에 봉안해야 마땅하다. 옛날 적석積石의 풍습은 축탑의 과도기였을 것이다.

그런데 축탑의 양식이 서로 달랐다. 기본적으로 복발(覆鉢, 탑의 노반露盤 위에 주발을 엎어놓은 것처럼 만든 장식) 형식은 같으나, 중국이 전탑塼塔으로 누각을 짓고, 한국이 석탑으로 미술품을 만들고, 일본이 목탑으로 신전을 만듦으로써 서로의 심미성과 용도를 달리하고 있다.

따라서 중국의 탑은 그 용도가 다양했다. 사리를 모심으로써 부처

의 체體로 인식함은 물론, 높게 건축한 탑신을 향해 극락왕생이나 국태
민안國泰民安을 축원하였거니와, 광활한 산수에 돌올한 정탑은 전망탑
의 구실뿐만 아니라, 한 고을을 상징하는 영웅으로도 군림하였다. 탑
신 안으로 사다리를 놓거나 아예 계단을 놓아서, 9층탑은 물론 13층까
지 등반할 수 있어서였다.

탑의 예찬과 예불은 상당히 보편적이었다. 그중에도 희대의 낭만시
인 이백의 눈에 비친 탑의 장엄이나 불법의 오득은 놀랄 만하다. 그의
나이 스물여섯 된 726년, 그가 동경하던 낭만의 땅 양저우에 당도, 당
장 서령탑棲靈塔을 올랐다.

하늘을 찌르는 다보여래탑,	寶塔凌蒼蒼
올라서 사방 무한을 본다.	登攀覽四荒
첨탑에선 우주의 혼돈과 손잡고,	頂高元氣合
첨탑의 철침은 구름바다를 솟는다.	標出海雲長
만상은 아득히 비인 채로 있고,	萬象分空界
고공은 채색동량을 끌어안는다,	三天接畵梁
황금의 장대는 물속에 넘실거리고,	水搖金刹影
붉은 구슬은 햇볕에 반짝거린다.	日動火珠光
새는 구슬처마를 스치며 날고,	鳥拂琼櫨度
햇살은 대들보를 눈부시게 비춘다.	霞連綉拱張
내 눈길, 먼 길 따라 사라진 채	目隨征路斷

내 마음, 돛대 따라 나부낀다.　　　　　　心逐去帆揚

이슬은 오동과 개오동을 하얗게 젖히고,　　露浩梧楸白

서리는 귤과 유자를 누렇게 재촉한다.　　霜催橘柚黃

석가여래 미간의 그 하얀 털을 볼 수 있다면,　玉毫如可見

나는 여기서 혼미한 길을 비추어주련다.　　于此照迷方

　—〈가을에 양저우의 서령탑에 올라〔秋日登揚州棲靈塔〕〉

천의무봉하고 분방사대 한 이백이 서령사 보탑에 올라 그 장엄에
취하고, 그 신령에 감복할 뿐 아니라, 그 미려하고 섬세한 경치에 불법
을 오득하고, 끝내 여래의 심법에 이르고 만다. 이 시의 16구는 네 단
계로 나뉜다. 첫 여섯 구는 보탑의 등반과 함께 불가 공계空界의 만남,
두 번째 네 구에서는 섬세한 관찰과 오성五星의 상징을 보이고, 세 번
째 네 구는 시인의 정신적인 변화와 자연의 배경, 마지막 두 구는 예불
의 결론이다. 밖으로부터 안, 정情으로부터 경景, 거시로부터 미시, 미
혹으로부터 정심, 그 과정을 단계적으로 구성했다.

특히 물속에 흔들리는 간주(竿柱, 기둥)의 그림자와, 햇볕에 불처럼
반짝이는 보주(寶珠, 탑이나 석등 따위의 맨 꼭대기에 얹은 구슬 모양의 장식),
그리고 구슬로 엮여진 주렴을 스쳐가는 새와, 채색으로 수놓은 두공(기
둥 위에 지붕을 받치며 차례로 짜올린 구조)에 어리는 안개 등은 모두 견성
명심見性明心의 상징이다. 시인의 정서와 서경抒景을 아주 자연스럽게
불도의 경지로 심입·발전시켰다.

　　탑의 위용을 보다 형상화하고, 탑의 형상을 통해 좀 더 불심에 접근시킨 작품으로는, 당나라 때 최고의 변새시인인 잠삼이었다. 그는 〈고적·설거와 함께 대안탑에 올라〔與高適薛據登慈恩寺浮圖〕〉에서 648년, 당唐 고종이 그 선모를 추렴키 위해 7층탑의 전모와 그 감회, 그리고 불법의 오득 과정을 그렸다.

탑은 물줄기라 땅에서 솟구쳐	塔勢如湧出
외로이 저 하늘로 우뚝 솟았다.	孤高聳天宮
오르면 완연히 세상 밖이라	登臨出世界
꼬불꼬불 섬돌을 기어올랐다.	磴道盤虛空
탑은 돌올해라, 중국을 누르고	空兀壓神州
가파른 기상은 귀신 솜씨라.	崢嶸如鬼工
네모난 처마는 햇볕을 가리고,	四角礙白日
일곱 층계 꼭지는 하늘을 쓰다듬다.	七層摩蒼穹
굽어보면 저—기 아련한 참새	下窺指高鳥
귀 기울이면 무서운 바람 소리.	俯聽聞驚風
줄 이은 산들은 물결을 짓다가	連山若波濤
달리며 모이며 동쪽으로 간다.	奔湊如朝東

《산수책》, 쾌도제僊道濟, 청. 높은 산을 배경으로 한 채 우뚝 솟은 탑 앞에서, 인간들은 불가의 가르침을 깨우치기도 하고, 가슴속 품은 소원을 빌기도 한다.

천자의 행로 양켠으로 푸른 회화나무,　　　靑槐夾馳道

궁중의 건물 하나하나 얼마나 영롱한지!　　宮館何玲瓏

서녘으로부터 가을바람 다가오건만　　　　秋色從西來

관중 고을마다 아직도 짙푸른 산야.　　　　蒼然滿關中

장안 북녘으로 한漢나라 왕릉들,　　　　　五陵北原上

영원토록 저리 어둑어둑한 푸름.　　　　　萬古靑濛濛

청정한 불법이 한 몸에 스며들기로　　　　淨理了可悟

아! 이게 내가 우러르는 승리의 원인!　　　勝因夙所宗

이 길로 관대冠帶 내동댕이치고　　　　　誓將挂冠去

불도 깨달음만이 영원을 누르는 길일진저!　覺道資無窮

　　—〈고적·설거와 함께 대안탑에 올라〉

　등탑시로는 완벽하다. 한 편의 고시를 5장으로 구성, 제1장 네 구절은 대안탑의 외관과 내탑 등반을, 제2장 네 구절은 대안탑의 위용을, 제3장 두 구절은 내탑에서의 부앙(俯仰, 아래를 굽어보고 위를 우러러봄)을, 제4장의 여덟 구절은 내탑에서 굽어보는 네 계절·네 방위의 풍경을, 제5장의 네 구절은 불법의 오득과 함께 관직의 사퇴를 결심하였다.

　이백과 잠삼의 등탑시가 형체와 정신을 망라한 전체적인 접근이라면, 원나라의 곽옥(郭鈺, 1316~?)의 〈첨탑(塔頂)〉은 매우 인상적이고 단편적이다.

갠 날, 혼자 첨탑에 올랐더니   塔頂新晴獨自登

그림 난간은 아스라이 십삼 층에 기대고.   畵欄高倚十三層

시야, 얼마나 높은지,   不知眼界高多少

지상의 행인이 언 파리 같아.   地上行人似凍蠅

—〈첨탑〉

13층 첨탑에서 굽어보니, 지상의 행인이 언 파리 같다 하였다. 하필이면 언 파리야. 추워서 벌벌 떠는 모습을 익살맞게 표현했다.

이 세 편을 통해 벌써 1600년 전의 중국 보탑이 안으로 계단을 오를 수 있음은 물론, 탑을 중심으로 내외와 허실·정경情景의 변화를 전망할 수 있음을 알았다.

탑은 그토록 우뚝 솟은 힘의 상징이요, 속세의 일탈이었지만 때로는 슬픔이요, 어둠이다. 잠삼의 〈고적·설거와 함께 대안탑에 올라〉보다 약 160년 늦은 만당 때 시인 양빈楊玢의 〈자은사 대안탑에 올라〔登慈恩寺塔〕〉는 아주 상반된 시각이다.

자운루 궁궐 아래로 곡강 연못,   紫雲樓下曲江平

가마귀 우짖는 석양 너머로 파란 보리밭.   鴉噪殘陽麥隴靑

대안탑 첨탑으론 오르지 말게나.   莫上慈恩最高處

거기에 서면 차마 볼 수 없는 것,

들을 수 없는 것.   不堪看又不堪聽

　　—〈자은사 대안탑에 올라〉

　이 시인이 오르던 때는 마침 해거름, 가마귀가 짖었다. 그럼에도 파란 곡강 물에, 파란 보리밭 긴긴 고랑이 보인다. 300년이나 떵떵거리던 당나라 제국, 지금 꼴깍 잠기는 찰나다. 거기 높은 첨탑에 오르면 옛날 찬란했던 궁궐과 거리, 민가와 비원 등이 보인다. 그러나 보기 싫다. 지금은 생기 잃은 풍경, 그래서 이 시는 당나라를 애도하는 비가이기도 했다. 이렇게 보면 탑은 시대의 명암과 애환을 전망하는 창이었다.

저 너머 고향을 보며, 배를 기다리네
나루터

두메 사람이 나들이할 때 고개를 넘듯, 들녘 사람이 나들이할 때 나루터를 건너야 한다. 나루터는 다만 교통의 목이 아니라, 바로 한 폭의 그림이다. 치렁치렁 물이 잠길 때는 물론, 부옇게 달빛이 싸인 밤도 마찬가지다.

바람 불고 눈보라 치는 날, 건너갈 수 없을 때 강 건너 저편은 피안이 되지만, 꽃 피고 아지랑이 자욱할 때 돛배 돌아오는 이편은 차안(此岸, 생로병사의 고통이 있는 세상을 가리키는 불교 용어)이다. 그래서 나루터는 고향과 타향을 가르는 샛강이기도 했다.

강과 운하가 많아서 수향水鄕, 수향이 많은 중국의 강남엔 나루가 많다. 나루는 풍경화다. 배와 사람과 나루, 세 가지는 나루터의 충분조건이다. 그러나 배와 사람이 있어도 풍경이요, 그것들이 없어도 풍경이다. 그중에 하나만 있어도 마찬가지다. 어느 경우도 나루터에는 시가 있다.

왕유의 〈망천에 숨어 살며 배적에게〉(160쪽 참조)▪에서는 사람도 배도 없는 나루터다. 다만 가까이는 저녁노을이, 멀리는 두메의 밥 짓는 연기가 보인다.

여기 사람이 뵈지 않는데 배만 오락가락하는 경우도 있다.

높은 다락에서 편안히 굽어보면	高樓聊引望
아스라한 끝자락에 시내 한 줄기.	杳杳一川平
나루에는 아무도 건너는 이 없고,	野水無人渡
외로운 배만 온종일 비껴있네.	孤舟盡日橫
(······)	
─〈봄날 다락에 올라〔春日登樓懷歸〕〉	

양쯔 강엔 밀물, 하늘로 솟구칠 때,	江上潮來浪薄天
건너편은 겨울나무, 자욱한 저녁 안개	隔江寒樹晚生煙
사흘 동안 북풍에 아무도 건너는 이 없이	北風三日無人渡
쓸쓸한 모래밭에는 배 한 꾸러미.	寂寞沙頭一簇船
─〈강 위에서〔江上〕〉	

▪ 주령 짚고 사립 밖에 서면 倚仗柴門外 / 저녁 바람에 쓰르라미 소리. 臨風聽暮蟬 / 나루터엔 지는 해 걸렸고 渡頭餘落日 / 두메에는 한 오라기 밥 짓는 연기. 墟里上孤煙 //

〈강범산시도江帆山市圖〉, 작자미상, 송. 상거래하는 배는 부두로 다가가고, 부두에는 배 세 척이 정박해있다. 외지에 볼일이 있는 마을 사람들이 나루터로 향하고, 여행자들은 음식점에서 점심을 먹는다. 낙타 대상과 몰이꾼은 돈 벌 욕심을 안고 길을 떠나는 중이다. 이렇듯 나루터는 사람과 문물이 모이고 흩어지는 중요한 장소였다.

구준(寇準, 961~1023)의 〈봄날 다락에 올라〉, 유자휘의 〈강 위에서〉,
단숨에 두 편을 읽었다. 두 시인의 시대와 신분은 달랐지만 나루터의
무대는 같다. 사람은 뵈지 않지만 배가 보인다. 다만 분위기가 다르
다. 하나는 밀물과 비, 하나는 누대와 들, 또 하나는 겨울나무와 북풍,
모두 나루터의 적막을 돕는 배경이다.

너무 적막하다면, 이제는 사람도 배도 있는 곳으로 가보자. 무대에
동태가 있고, 역사의 풍운이 부딪는다. 그 적막의 나루터에 문득 이야
기가 꽃핀다.

안개 자욱한 산빛에 촉촉한 푸름,	山色空蒙翠欲流
맑게 사무친 장강에 한결같은 가을,	長江淸澈一天秋
지는 노을 차가운 안갯속 띠집이 뵈는데	茅茨落日塞煙外
나그네 오래 서서 나룻배 기다린다.	久立行人待渡舟

　—〈가을 나루터〔秋江待渡圖〕〉

전선의 〈가을 나루터〉에서는 오랜만에 사람과 배가 한꺼번에 나온
다. 아니, 나룻배는 아직 보이지 않는다. 그렇지 않아도 슬픈 가을인
데, 나그네 혼자 나루터에 오래오래 서서 배를 기다린다. 사람 그림자
뒤로 가난한 띠집이 보인다. 여기서 나루는 사람이 가고 사람을 기다
리고, 마침 역사의 마당이다.

한 오라기 울음으로 만산의 어둠을 쫓는
닭

아지랑이 자욱한 두메에서 꼬끼오— 느즈러진 닭의 울음을 들으면,
온 풍경이 평화롭다. 사람들 먹고 사는 일에 근심이 없고 왠지 알 수
없는 길조로 가득한 느낌이다.

칙칙한 어둠 속 비바람이 모질게 부는 날에도 첫새벽을 여는 태양
의 전령은 닭이었다. 나 어렸을 적 시계가 없던 날, 우리의 기억 속에
는 닭과 그 울음이 많았다. 한밤 해시亥時를 지나 메를 짓고 제사를 지
낼 때도 첫닭의 울음, 그 시간표에 따랐고, 부지런한 아낙네가 자리에
서 일어나 세수하고 뜨락을 쓸던 일도 그 시간표에 따랐다.

이 두 가지 이미지를 버리기란 쉽지 않다. 하나는 평화의 상징, 또
하나는 시간의 예고. 도가들은 닭을 금계金鷄라 불렀고, 시인들 또한
그 빨간 벗을 갓冠이라 일컬었다. 심지어 닭에게 귀신을 쫓는 신기가
있다고 치켜 올리기도 하지만, 우리가 알 바 없다. 농사짓는 마당에서
잠방이를 입고 희학질(실없는 말로 농지거리를 하는 짓) 할 때, 우리 꼬마

둥이 말고 오색으로 차려입은 장닭과, 솜털이 보송보송한 삽살개랑 함께 놀았다.

중국은 한나라 때부터 닭을 투계鬪鷄라는 놀이에 썼다. 그런가 하면 시간 예고를 성실하게 수행하는, 닭의 보시報時 기능을 높게 평가하기도 했다. 그러다가도 주안상에 올려놓고 그 육미를 즐기느라 닭을 잡아서 묶고 죽이고 삶는 데도 인색하지 않았다.

계명鷄鳴은 닭의 제일사명이었다. 이를 보여주는 시 세 편을 골랐다. 중당 때 진도(陳陶, 841년 재세)▪, 만당 때 최도융(崔道融, 879년 재세), 청말淸末 때 양광총독으로 태평군을 진압평정했던 군정대신 증국번의 〈아침에 무련역을 떠나며 아우 생각에〉(227쪽 참조)▪▪이다.

새벽 알리는 닭을 사서 함께 사는데,	買得晨鷄共鷄語
평시에는 입 다물고 울지 않았다.	常時不用等閑鳴
깊은 산 비바람의 까만 달밤에도	深山月黑風雨夜
남 먼저 새벽을 만나러 꼬끼오―.	欲近曉天啼一聲
―〈닭〔鷄〕〉	

봄 새벽, 상림원上林苑*에 닭 울음,	溪聲春曉上林中

▪ 당나라 시인. 자字는 숭백嵩伯이며, 홍주洪州 서산西山에서 은거했다.
▪▪ 새벽, 안장을 고치고 별빛을 따를 때, 朝朝整駕駕星光 / 생각하면 이 일생, 부질없이 바빴네. 細想吾生有底忙 / 피로한 말이 가엾다, 새벽 달빛에 疲馬可憐孤月照 / 한 오라기 새벽닭이 만산의 어둠을 쫓는다. 晨鷄一破萬山蒼 //

맨 먼저, 하마궁을 잠 깨우고,　　　　　一聲驚落蝦蟆宮

두 번째, 내 꿈자릴 깨우고,　　　　　　二聲喚破枕邊夢

세 번째, 나그네의 연해**를 붉힌다.　　三聲行人煙海紅

(……)

―〈닭 울음〔鷄鳴曲〕〉

* 중국 진秦·한漢 대 임금의 언덕 이름.
** 바다처럼 넓게 퍼져있는 안개.

맨 앞의 최도융의 시가 닭의 보시적 기능을 총체적으로 제시했다면, 두 번째 진도의 것은 첫닭의 울음, 그 음파의 파장을 그렸다. 궁궐에서 민가, 민가로부터 안개 자욱한 무한까지 확대되었다.

마지막 시는 전쟁에 피폐한 심신을 깨우는 한 오라기 새벽 닭 울음이 만학천봉을 흔들고 있다. 가냘픈 닭의 목덜미에서 우러나오는 울음은 한 집안의 각성은 물론 한 마을, 한 나라의 어둠을 물리치는 상징으로 발전했다.

그러나 앞에서 말했지만 그 각성의 주인공을 천성대로 방치하지 않았다. 그것을 묶어서 저자에 팔고, 그것을 잡아서 탐식하고, 그것도 모자라 저들끼리 피를 흘리게 싸움을 부축이고 사람은 깔깔거렸다.

저 유명한 두보의 〈박계행縛鷄行〉과 북주 사람 왕포(王褒, ?~571?)의 〈투계를 보며〔看鬪鷄〕〉에서 그 편모를 알 수 있다

동자가 생닭을 잡고 저자에 갈 때,　　　　　小奴縛鷄向市賣

닭은 칭칭 묶인 채 푸드득 몸부림했다.　　　鷄被縛急相喧爭

집에서는 닭이 개미를 먹는다 싫어했지만,　家中厭鷄食虫蟻

닭이 당장 뉘에게 팔려 먹힐 줄이야.　　　不知鷄賣還遭烹

　—〈박계행〉

처음에는 저벅저벅 옆 걸음터니,　　　　　蹀躞始橫行

의기는 서로를 삼킬 듯.　　　　　　　　　意氣欲相傾

적을 투기함에 금빛 까끄라기가 쫑긋하고,　妬敵金芒起

강한 시새움으로 볏에 겨자분이 솟는다.　　猜羣芥粉生

마당에 나오는 모습은 도전자 비슷하고　　入場疑挑戰

한 판을 쫓길지라도 추격꾼 같아라.　　　逐退似追兵

　(……)

　—〈투계를 보며〉

　55세 때인 766년, 양쯔 강 삼협에 위치한 기주夔州에 객거하던 두보
는, 저자에 팔려가는 닭을 보면서 한편으로는 동정을, 한편으로는 개미

〈투계도鬪鷄圖〉, 임희명, 연대 미상. 닭은 새벽을 깨우고 음식을 취하는 데만 쓰이지 않고,
수탉 두 마리를 붙여놓고 싸움을 시키는 몹쓸 놀이에도 이용되었다. 날카로운 발톱과 부리
를 이용해 죽을 때까지 덤비는 수탉의 모습에서 영웅을 연상하는 이도 있지만, 그것이 놀
이인 따름에야!

鬥鷄圖
辛未之秋寫于春申 江上晚晴

를 쪼아먹는 닭에게 혐오를, 그런그런 것들을 아랑곳하지 않고 탐식하는 인간의 까만 속마음을 거침없이 들추었다.

두보보다 200년 전, 왕포의 〈투계를 보며〉는 매우 사실적이다. 투계하는 현장을 핍진하게 그렸다. 저벅저벅 걷는 모습에서 서로가 약이 오른 모습, 더구나 투계의 마당에 들고 나고, 쫓고 쫓기는 전황 묘사는 북조北朝시대의 강경하고 질박한 시풍을 대변하고 있다.

그러나 닭의 울음이나 형상이 우리에게 심어준 미는, 그렇게 크거나 우렁차고, 많거나 가깝게 있는 것은 아니었다. 고즈넉하고 아스라한 곳에 있었다. 명나라 때 당인과 함께 명대 4대 화가로 꼽히는 심주의 〈화제〔題畵〕〉와 송나라 대표적인 전원시인 매요신의 〈노산을 가며〉(97쪽 참조), 두 편을 그 예로 들어본다.

물가의 인가, 삼협의 기주夔州 같아,	水次人家似瀼西
들쑥날쑥 대나무에 길은 헤매고.	參差竹樹路俱迷
뒤뚱뒤뚱 촌로는 문 밖을 나서지 않는데,	谿翁兀兀不出戶
점심은 뜸이 들고 닭 소리 나른하다.	日午飯香鷄正啼
―〈화제〉	

(……)

서리 내릴 때 곰은 나무를 타고,	霜落熊升樹
나무 헐벗을 때 사슴은 냇물을 마신다.	林空鹿飲溪

인가는 어디쯤 있을까?　　　　　　　　人家在何許

구름 너머 아스라이 꼬끼오 소리.　　　雲外一聲鷄

　―〈노산을 가며〉

　심주나 매요신의 것, 모두가 비이고 고즈넉한 환경, 〈화제〉에서는 뒤뚱뒤뚱 촌로가 보이고, 〈노산을 가며〉에서는 곰이나 노루가 보인다. 분명한 것은 사람이 있는 곳에 닭이 있고, 닭이 있는 곳에 사람이 있다는 점이다. 아스라이 산 너머 구름밖에. 사람은 보이지 아니할지라도, 닭의 울음을 들으면 그 구름조차 따뜻해진다.

봄바람도 감히 건너오지 못하리
변새

우리나라 젊은이에게 전쟁은 이미 오래전에 잊혀진 대상이다. 하지만 때로는 아득한 벌판, 뭉게뭉게 연기가 피어오르는 저 변경이 그립기도 하다. 중국과 중국문학에는 변새라는 풍광이 있고, 무한한 극지와 잔혹한 전쟁의 현장을 그린 변새시가 아예 한 장르를 이루고 있다. 가도 가도 끝이 없는 모래바다나 초원, 아니면 해발 3000미터를 넘는 고산준령, 심지어 해발 8000미터를 상회하는 지구의 지붕이 바로 그 무대다.

무릇 '변새'는 세 가지 뜻을 지니고 있다. 하나는 변경, 하나는 이족이 출몰하여 생사의 결전을 벌이는 싸움터, 또 하나는 고산준령이나 사막·초원 등 지리적 특색을 지닌 무한의 땅이다. 그래서 때로는 변경, 전장, 지리적 무한이 범벅되는 가을하늘 같은 슬픔이 뚝뚝 떨어지는 곳이었다.

북제(北齊, 550~577) 때, 지금의 산시 북반에서 내몽골 접경까지 한

국가를 형성했던 흉노의 한 부족, 칙륵족敕勒族이 있었다. 그때 문선제
(文宣帝, 재위 529~559)■ 때 정승을 살았던 곡율금(斛律金, 488~567)은 변
새의 초원에서 절품을 남겼다.

칙륵천*, 음산 아래.

하늘은 천막집, 사방 들을 덮는다.

하늘은 멀고 들은 아득한데,

바람이 일자 누워버린 풀밭에,

소와 염소가 일어선다.

—〈칙륵의 노래〔敕勒歌〕〉

敕勒川陰山下

天似穹廬籠蓋四野

天蒼蒼 地茫茫

風吹革低見牛羊

* 현 네이멍구 자치구 지역.

이 노래를 두고 북제군이 북주北周를 공략할 때 패색이 짙자, 사기
를 높이기 위해 쓰인 노랫말이라는 설이 있지만, 무한의 초원과 바람
속에 핍진하게 펼쳐지는 유목의 풍경이라는 그 의의만으로도 충분하
다. 당나라 때는 변새의 시가 많아서 변새시파를 형성하기에 이르렀
다. 그중에 그 경개를 성공적으로 그린 소품이 많다.

■ 남북조 시대 북제의 제1대 황제. 제齊왕조를 세워, 북방의 거란 · 돌궐 · 유연 등을 격파했다.

(……)

나는 쑥대는 한나라 변새를 나부끼고　　　　　征蓬出漢塞

돌아가는 기러기는 오랑캐 하늘을 뚫는다.　　歸雁入胡天

끝없는 사막에는 봉수의 연기가 솟아오르고　大漠孤煙直

기다란 황하에 지는 해가 둥글다.　　　　　　長河落日圖

(……)

─〈변새에 사절로〉

아침에 동문 병영에 나갔다가　　　　　　　　朝進東門營

황혼에 하양교*에 올랐을 때.　　　　　　　　暮上河陽橋

저녁노을은 군기 깃발에 아롱거리고　　　　　落日照大旗

군마의 울음소리, 울부짖는 바람 속에.　　　　馬鳴風蕭蕭

(……)

─〈출새·후편〔後出塞〕〉

* 뤄양의 동북쪽 황허에 걸린 부교浮橋.

왕창령(王昌齡, 698~755)**, 고적 등과 함께 대표적인 변새시인으로

■ 당나라 시인. 구성이 긴밀하고 착상이 청신하며, 특히 칠언절구에서 뛰어난 작품이 많다. 여인의
사랑의 비탄을 노래한 〈장신추시長信秋詩〉, 〈규원閨怨〉, 변경의 풍물과 군인의 향수를 노래한 〈출새
出塞〉, 〈종군기從軍記〉가 있다.

〈사기도射騎圖〉, 이찬화李贊華, 요. 변새는 사막·초원, 고산이 펼쳐지는 무한의 땅이자, 이 민족이 출몰하여 생사의 결전을 벌이는 싸움터다. 5세기 중엽부터 내몽골의 시라무렌 강 유역에 나타나 살던 유목 민족 거란 역시 한때 이 초원의 점령자였다. 무장한 거란족의 모습에서, 변새를 차지한 그 기상이 느껴진다.

꼽히는 왕지환의 〈요새를 나서며〉(53쪽 참조)는 그가 서북의 변새 양주
凉州에서 황허의 남북을 떠돌다가 쓴 시. 그의 호방한 성격대로 변새를
그렸다. 황하가 흰 구름 사이를 기어 올라가고, 양주성은 하늘을 뚫고.
그런 극한적인 무대에서 '버들을 꺾는 노래〔折楊柳〕', 곧 이별가를 피리
로 들으면서 버들도 자라지 않는 사막의 땅을 생각하는 것이다. 정녕
거기에는 출정 간 병사가 있다.

변새시인이라기보다 불가시인佛家詩人으로 알려진 왕유의 〈변새에
사절로〉(120쪽 참조)는 변새시의 간판일 정도로 상징적인 구절을 남겼
다. 바로 쑥대와 기러기는 황막한 변새를 횡으로 날고, 봉수의 연기와
낙조는 상하로 금을 긋는다. 모두가 지평선에서 각을 지으며. 왕유가
개원開元 25년(737), 하서절도사河西節度使 막부의 감찰어사로 명을 받고
하서지역을 순시할 때 쓴 작품이다.

그리고 두보 또한 안녹산의 난과 함께 변새시를 썼던 바, 〈출새·전
편〉·〈출새·후편〉 등이 그 대표작, 그중 〈출새·후편〉은 한 전사의 출
병기였다. 저녁노을에 삭풍이 울부짖는 사막에서, 그 깃발에 펄럭이는
쇠잔한 석양과 목이 쉬어 울어대는 말, 한쪽은 시각으로 한쪽은 청각
으로 변새를 창량하게 그렸다.

두보의 〈출새·후편〉보다 140~150년쯤 뒤, 오대五代 벼슬아치 시인

■ 황허는 멀리 흰 구름 사이를 오르고, 黃河遠上白雲間 / 한 조각 외로운 산성 천만 자 높이. 一片孤
城萬仞山 / 오랑캐 피리는 한사코 슬픈 가락인고? 羌笛何須怨楊柳 / 봄바람은 옥문관을 넘지 못하는
데. 春風不度玉門關 //

이었던 장빈에게도 탁월한 변새시가 있다. 바로 〈선우대에 올라〉(119쪽 참조)[■■]다. 그는 만리장성 북쪽 수원綏遠 땅의 선우대單于臺에 올랐다. 물론 흉노를 방어하는 요새다. 그곳은 몽골과 위구르족이 서로 바꾸어 넘나드는 곳이었다.

장빈의 이 변새시도 직관이 번득인다. 해가 땅속에서 솟거나 황허가 하늘에 내린다 함이 그렇다. 하지만 지구는 둥글고 앙각仰角은 수평과 직각이라는 과학을 반증하기도 했다. 끝내 변새는 역사성·문학성 외로도 자연·지리적 무한성, 그 탐미적인 대상이기도 했다. 그 형상은 동화적이고 기상천외한 환상을 충족할 뿐 아니라 우리가 동경하는 영원의 구상이기도 했다.

■■ 변새에도 봄이 오거늘, 邊兵春盡迥 / 혼자 선우대에 올랐네. 獨上單于臺 / 하얀 해는 땅속에서 솟구치고, 白日地中出 / 누런 강물은 하늘 밖에서 흘러내리네. 黃河天外來 / 사막에 모래가 일면 그 흔적 바다의 파도 같고 沙飜痕似浪/바람이 모질게 오면 그 소리 하늘의 천둥 같아라. 風急響疑雷 / 살며시 음산의 관새로 들어갔으면 하지만 欲向陰關度 / 관새는 아직 새벽이라 문을 잠그고 있네. 陰關曉不開 //

이 문을 나서면 돌아보지 않으리
종군

'변새'가 서경抒景이라면 '종군'은 서정抒情이다. 두 가지의 주제가 전쟁으로 공통되지만 하나는 공간의 묘사요, 하나는 이야기요 정서다.

역사가 전쟁과 평화의 반복이라면, 전쟁의 역사는 주전과 화전의 갈래요, 문학은 결전決戰과 염전厭戰의 양면이었다. 무릇 나라를 세우면 영토에 금을 긋는다. 금이 있기에 금은 늘 짓밟힌다. 그래서 금가에 수루를 세우고 서로가 호랑이 눈깔이다. 수루에선 집을 그리고 나라를 사랑한다. 그런 정회가 여기 〈종군〉편에 담겨있다. 그리고 금석의 분별이 없었다. 벌써 주나라 때 《시경》부터 시작했다.

그대가 전방에 갔거늘,	君子于役
언제 올지, 날도 달도 모른다.	不日不月
언제 다시 만날지?	曷其有佸
닭은 홰에 깃드는데.	鷄棲于桀

해는 또 저물고,　　　　　　　　　　　　　　　日之夕矣

염소, 소가 돌아오는데.　　　　　　　　　　　羊牛下括

그대는 전방에 갔거늘,　　　　　　　　　　　君子于役

주리고 목마르지 않을까?　　　　　　　　　　苟無飢渴

(……)

　　—〈그대가 전방에 갔거늘〔君子于役〕〉

어느 풀인들 시들지 안 하랴!　　　　　　　　何草不黃

누군들 전방에 가지 안 하랴!　　　　　　　　何日不行

누군들 사방을 돌며 지키며　　　　　　　　　何人不將

행역하지 안 하랴!　　　　　　　　　　　　　經營四方

어느 풀인들 죽지 안 하랴!　　　　　　　　　何草不去

누군들 홀아비 안 되랴!　　　　　　　　　　何人不矜

슬프다! 우리 병사들,　　　　　　　　　　　哀我征夫

왜 그대만 사람이 아닌가?　　　　　　　　　獨爲匪民

무소도 범도 아니면서　　　　　　　　　　　匪兕匪虎

저 거친 들 쏘다니며　　　　　　　　　　　率彼曠野

슬프다! 우리 병사들,　　　　　　　　　　　哀我征夫

온종일 쉴 수 없거늘.　　　　　　　　　　　朝夕不暇

(……)

　　—〈어느 풀인들 시들지 안 하랴!〔何草不黃〕〉

　　두 편 모두 출정 간 병사를 두고 전쟁을 저주했다. 앞에서는 간절한 그리움을 넌지시, 뒤에서는 적극적인 풍자를 직설했다. 그러나 당唐대에 들면서 전쟁의 의미는 확실해진다. 바로 국가관념·국민관념이 성형되면서부터다. 보다 분명한 시기는 한·호(漢胡, 한족과 소수민족)의 대치가 두드러지면서부터다. 당대의 대표적인 변새시인 왕창령은 젊어서 변새를 들락거리며 전공을 세웠다. 안녹산의 난리 때 귀향 도중 여구효閭丘曉 자사에게 피살되는 불행을 겪었지만, 그의 변새시는 웅혼한 기상에 격앙된 전의를 표출했다.

지금, 저 달은 진나라 달,

저 관새는 한나라 관새로되,　　　　　　　　　　秦時明月漢時關

그때 변새에 출정 갔던 병사는 돌아오지 않네.　　萬里長征人未還

다만 오랑캐 있는 용성땅에

이광李廣* 같은 장군이 있다면　　　　　　　　　但使龍城飛將在

저 오랑캐 한 사람도 음산을 넘지 못하게 할 걸.　不敎胡馬度陰山

—〈출새出塞〉

* 전한 무제 때 장군. 궁술과 기마술이 뛰어난 용장이었으며, 흉노를 크게 무찌른 공을 세워 시종무관이 되었다.

청해의 긴 구름, 설산까지 어둑해라.　　　　　　青海長雲暗雪山

양주 고성에서 멀리 옥문관을 보노라.　　　　　　孤城遙望玉門關

철갑이 찢길 만큼 모래벌판에서 백전할지라도   黃沙百戰穿金甲

누란땅 부수지 못하면 내 돌아가지 안 하리.   不破樓蘭終不還

　—〈종군행從軍行〉

두 편 모두 비분강개가 충만하다. 경정梗正의 의지가 불같다. 특히 변새에서 그 땅은 진·한대로부터 사수했던 곳이라는 역사의식을 환기한 점, 사수하거나 탈환한 목표를 구체적으로 음산(현재 내몽골 지역)·누란(한漢나라 때 지금 신장성 선선鄯善 일대에 있었던 나라)임을 제기했던 점들이다.

그러한 기상은 청나라 시에도 이어졌다. 강희(康熙, 1662~1722), 옹정(雍正, 1723~1735) 때 청해靑海 토벌에 참전해서 변새시집 《출새시》를 간행한 바 있던 서란(徐蘭, 1660?~1730?)의 〈관문을 나서며[出關]〉가 그렇다.

산을 기대고 바다를 굽어보는 여기 옛날 변새,   憑山俯海古邊州

군기들 펄럭이는 벌판에 수루들 치솟았다.   斾影翻飛見戍樓

말머리엔 눈더미로되 말꼬리엔 복사꽃 마을,   馬後桃花馬前雪

한번 관문 밖을 나섰으면 뒤돌아보지 말아야지!   出關爭得不回頭

　—〈관문을 나서며〉

서란이 강희 35년(1696), 청나라 안군왕安郡王의 막료가 되어 청해

〈장의조통군출행도張儀潮統軍出行圖〉, 작자미상, 당. 둔황 막고굴의 256호 굴 남쪽 벽에 새겨
진 벽화로, 군대를 이끌고 돌격해 토번의 통치를 단번에 무너뜨린 장의조의 승전을 기념하
는 그림이다. 북과 나팔, 큰 깃발, 칼, 창을 든 군대의 위풍당당한 모습에서, 전쟁에서 이기
고 돌아오는 기쁨과 위상이 묻어난다.

토벌에 나섰을 때, 지금 산하이 관을 출발하는 장면이다. 과연 필승의 기상이 넉넉하다. 연산燕山을 기대고 발해渤海를 굽어보는 관문에서 때마침 문안에는 복사꽃 피는 봄이건만 앞으로 닥치는 것은 눈더미다.

그러나 보다 많은 변새시는 전쟁을 저주했다. 포화·탄우 속에서 두고 온 아내와 자식을 그리워했다. 변새시의 명수 잠삼의 〈사막에서〉(119쪽 참조)▪나 왕한의 〈양주의 노래〉(20쪽 참조)▪▪, 그리고 송나라 때 혁신 정치의 시인 범중엄의 〈고기잡이의 자랑〔漁家傲〕〉 등은 모두 절창이다.

변방에 가을이 오니 풍경이 달라져   塞下秋來風景異

남녘인 형양 땅으로 떠나는

기러기 보며 머물 뜻이 없어라.   衡陽雁去無留意

사면의 변방에는 적군의 호각 소리 이어지고   四面邊聲連角起

첩첩한 산속에   千嶂裏

저녁연기 속에 해는 지고 외로운 성은 닫히고.   長煙落日孤城閉

술 한 잔 마시며 만 리 먼 고향을 그리지마는   濁酒一杯家萬里

▪ 서쪽으로 서쪽으로 하늘 닿게 달리는 走馬西來欲到天 / 고향 떠나 어느덧 달이 두 번이나 둥글었네. 辭家見月兩回圓 / 오늘 밤은 또 어디서 잘까? 今夜不知何處宿 / 가도 가도 사막길, 사람은 그림자도 없는데. 平沙萬里絶人煙 //
▪▪ 아름다운 야광술잔에 고운 포도주, 葡萄美酒夜光杯 / 막 마시려 할 제, 비파 소리, 출전을 서둔다. 欲飮琵琶馬上催 / 저 술 마시고 모래밭에 뒹굴어도 웃지 말게나! 醉臥沙場君莫笑 / 고래로 싸움 나간 사내 몇이나 돌아왔었남? 古來征戰幾人回 //

옛날 동한의 두헌처럼 이곳 연연산에 승전의 공을 새기지

못하였으니 돌아갈 기약이 없구나.　　　　　　　燕然未勒歸無計

오랑캐들의 피리 소리에 서리는 가득하니,　　　　羌管悠悠霜滿地

사람은 잠이 오지 않아,　　　　　　　　　　　人不寐

장군은 이곳에서 늙음을 한탄하고

병사들은 고향생각에 눈물을 흘리네.　　　　　將軍白髮征夫淚

　—〈고기잡이의 자랑〉

　　영웅의 호기가 넘실거린다. 장열이 극에 달하면 슬픔을 유발하는데
두 편이 모두 그렇다. 고구려의 장군 고선지高仙芝의 부관이었거나, 병
부원외랑兵部員外郎이었던 무관의 호방한 애국충성이다. 어디서 잘지
어디서 먹을지도 모르는 야전생활, 그리고 모래벌판 전방에서 술잔을
기울며 필사의 결의를 다진다. 언제고 사막의 이슬일 수 있는 비장함이
보인다.

눈보라 속에 사람이 돌아오는 둥지
주막

지금도 주막이란 말을 들으면 작은 설레임이 있다. 내가 어렸을 적, 누구를 마중하고 누구를 전송했던 곳, 거기엔 으레히 주막이 있었다. 초가집 한두 채에 수양버들 몇 그루, 돌다리나 나무다리, 징검다리가 들러리했다. 쪽비녀를 한 중년여인이 이따금 문밖에 나와 하품하던 곳이다.

그런데 그렇게 쬐그만 주막이 산중에 있다면 얼마나 그림 같을까? 구름 속에 꼬끼오 닭 울음, 굴뚝에서 폴폴 연기 솟고 작은 편교에 하얗게 서리 내린 곳. 산점山店, 모점茅店, 객점客店, 객잔客棧으로 불리던, 산중의 작은 주막에는 솔솔 따사로운 이야기가 있다. 산중의 주막, 그 풍경은 이러했다.

중당 때 대력십재자의 하나였던 노륜(盧綸, 748?~800?)은 〈주막[山店]〉에서 산중의 작은 주막을 이렇게 그렸다.

산길 오르면 가다가 길이 끊기고,   登登山路行時盡

여기저기서 콸콸 시냇물 소리   決決溪泉到處聞

바람이 일자, 솨—잎소리에 개 짖는 소리,   風動葉聲山犬吠

갈 구름 너머로 뉘집 솔가리 불.   一家松火隔秋雲

  —〈주막〉

고즈넉한 산골, 바람이 일자 나뭇잎이 흔들리고, 그 소리에 놀라 개가 덩달아 짖는 작은 주막. 누군지 손님을 맞으러 솔가지를 사르며 구들을 덥히고 있다. 다시 노륜보다 약간 늦은 당 선종宣宗 때 시인인 설봉(薛逢, 853년 재세)에게도, 해거름 산중의 주막집, 그 풍광을 그린 시가 있다.

먼먼 수루로 가는 촉나라 길은 아득타,   孤伐迢迢蜀路長

새 우는 주막집에 나그네는 집 생각.   鳥鳴山館客思鄉

보게나! 저 산꼭지 안개 밖으로   更看絕項煙霞外

바위에 두어 그루 꽃나무, 석양에 불탄다   數樹岩花照夕陽

  —〈황화역에서〔偶題黃花驛〕〉

촉나라 가는 멀고 먼 길. 그 연도의 주막집인데 역시 산새가 우는

〈주막〉, 김홍도金弘道, 조선. 장돌뱅이, 나그네, 술꾼, 협잡꾼 등 다양한 사람들이 모이는 주막에는 언제나 사연이 넘쳤다. 전쟁터에서 돌아오는 자, 고향 그리워 눈물짓는 자, 새벽바람부터 길 나서는 자. 그러나 주막이 아니었다면 구구절절 그 많은 이야기들, 어디서 풀어낼 수 있었을까.

고즈넉한 벽촌. 때마침 절벽에 핀 꽃나무에 부서지는 낙조, 모두가 감각적이다. 때마침 중당을 휩쓸었던 제齊·량梁 때 유미시唯美詩의 재현 현상이다. 바로 주막에 머물고 있는 나그네의 눈동자에 흥건한 향수가 아름답게 발산되었다.

이번에는 인물이 있는 산중 주막 풍경도 두 편을 들겠다.

해는 저물고 창산이 먼데	日暮蒼山遠
날은 차고 띳집 쓸쓸하이.	天寒白屋貧
사립문에 개 짖는 소리,	紫門聞犬吠
눈바람 속에 돌아오는 사람.	風雪夜歸人

—〈눈을 만나 부용산 뉘 집에 투숙하여〔逢雪宿芙蓉山主人〕〉

꼭두새벽 눈 뜨다 딸랑딸랑 방울소리,	晨起動征鐸
타관땅 떠돌다 문득 고향 그리워.	客行悲故鄉
주막집 조각달빛에 꼬끼오 닭 울음.	鷄聲茅店月
널다리 서릿길에 누구의 발자국.	人迹板橋霜
떡갈나무 산길 곳곳마다요,	槲葉滿山路
탱자꽃이 정거장 담에 환하다.	枳花明驛墻
고향땅 두릉이 그립거늘,	因思杜陵夢
굽이굽이 연못에 오리, 기러기가 부산하겠지.	鳧雁滿回塘

—〈상산의 아침 나그네〉

성당 때 대표적인 전원시인인 유장경과, 만당 때 대표적인 유미시인인 온정균의 시(223쪽 참조)다. 시대는 달라도 산중의 어느 주막에 투숙했던 시인의 감회, 감각이 선명하다. 하나는 해가 저물고 눈이 퍼부을 때, 가난한 어느 띳집에 하룻밤 투숙하려는데, 주인이 눈보라 속에 돌아온 이야기. 하나는 새벽길 재촉하여 먼 길을 뜨는데 스산한 풍경과 함께 떠오르는 고향 생각이 교차되고 있다.

앞 시를 읽으면 눈을 털면서 '아유, 추워.' 하는 주인의 기척이 들릴 듯하고, 뒷시를 읽으면 주막집 추녀에 걸려있는 그믐달과, 호들갑스레 우는 새벽닭, 그리고 황소의 방울 소리가 들리고, 살폿 내린 서릿길 널빤지 다리에 선명하게 찍힌 발자국이 보인다.

무릇 시가 무엇인가? 벌써 1300년 전 겨우 열 글자로 백묘白描한 산중의 주막, 그 심야와 새벽은 살아서 눈앞에 펼쳐지고 있다. 그만큼 이미지의 포착이 정확했던 것이다. 결국 그 몇 가지 풍경이 많은 이야기를 담고 있다. 지금은 생각할 수도 없지만 옛날 주막집, 그 작은 굴뚝에서 폴폴 흩날리는 연기와, 그 작은 창에서 새어나오는 희미한 등잔불이 그리워진다.

시 목록

도판 목록

허세욱의 한시 특강
꽃 웃음과 새 울음에 문득 취했거늘

지은이　허세욱

2007년 2월 20일 초판 1쇄 인쇄
2007년 2월 26일 초판 1쇄 발행

펴낸곳　효형출판
펴낸이　송영만

편집　안영찬, 박재은, 김금희, 이혜원, 강초아, 신두영 | **디자인**　남미현, 김미정
책임영업　정광일, 심경보 | **관리**　임건미 | **디자인 자문**　최웅림

등록　제406-2003-031호 | 1994년 9월 16일
주소　413-756 경기도 파주시 교하읍 문발리 파주출판도시 532-2 | **전화**　031-955-7600
팩스　031-955-7610 | **홈페이지**　www.hyohyung.co.kr | **이메일**　booklove@hyohyung.co.kr

ISBN 978-89-5872-040-9 03820

※ 이 책에 실린 글과 그림은 저작권법의 보호를 받아 효형출판의 허락 없이 옮겨 쓸 수 없습니다.

값 15,000원